魅惑の恋泥棒
Miwaku no Koidorobou
Yumiko Kawai
柳井は自分から唇を開き、男に唇を寄せると舌を伸ばして夢中でキスをねだった。

魅《み》惑《わく》の恋《こい》泥《どろ》棒《ぼう》

かわい有《ゆ》美《み》子《こ》
ILLUSTRATION：高《たか》峰《みね》 顕《あきら》

魅惑の恋泥棒

LYNX ROMANCE

CONTENTS

魅惑の恋泥棒

序章

窓の外にはかすかな雨音が聞こえる。

フロアランプだけを灯《とも》した居間は薄暗い。

漆喰《しっくい》塗りの高い天井には、凝った円形レリーフが施されており、アンティークな照明とは古い建物ならではの見事な調和をみせている。

テーブル横の飴色《あめいろ》の光沢を持つアームつきのハイバックチェアは、よく手入れされ、使い込まれたものだ。

時代物の逸品には、一度座れば立ち上がりたくなくなるような、口では到底説明しきれない独特の座り心地のよさがあった。イギリスから、はるばる海を渡って運ばれてきただけはある。

『次は、二週間後に日本に初めて来航を予定しているフランスの豪華客船、エテルネルについてのニュースです』

テレビ画面の中、女性キャスターがニュースを読み上げるのに、チェアに身を埋《うず》め、脚を組んだ柳《やな》井将宗《いまさむね》は切れ長の目をゆるく細めた。

『現在、香港《ほんこん》に寄港中のエテルネルを狙《ねら》って乗り込んだ武装強盗団が確保され、香港警察に引き渡されました』

画面には警察に引き渡される、十数人以上の黒尽《づ》くめのアジア系の男らが映し出される。

「…無粋だな」

数と力、武器だけに任せた野盗じみた男達の集団に、柳井は冷めた声で呟《つぶや》く。単にそれが金目になるから奪うというだけのこの手の強盗連中は、美を信奉し、追究する柳井の美学とはまったく相容《あいい》れない。心底、軽蔑《けいべつ》すべき相手だ。

『エテルネルは一三万トンクラス、客室総数一五五〇室、船客定員三一一二名の、クルーズ客船としては非常に規模が大きな豪華客船です。一流ホテルにも匹敵する豪華な設備と、「海上の美術館」とも呼ばれる豊かな美術品や絵画が置かれていることで世界的に知られています。今回、捕らえられたこの武装強盗団は、エテルネルのコレクションに新たに加わった弥勒菩薩像《みろくぼさつぞう》を狙ったと言われています。武装強盗団は、事前にその情報を入手したエテルネル側によって手配された、スイスの警備会社によって確保されました』

柳井はテーブルに置かれたエテルネルの船内図と、画面に映し出される船内の様子を優美な見た目を裏切る視線の鋭さで見比べる。

『この逮捕により、乗客に軽傷者が三名出たものの怪我《けが》の程度は軽く、エテルネルは予定通り、二週間後の金曜の夜、東京《とうきょう》に着岸予定だそうです』

『ずいぶん、豪華な船ですねぇ』

横から男性キャスターが、華やかな客船内部の様子に感嘆の声を洩《も》らす。

『そうなんです、エテルネルよりもさらに大きなクルーズ客船は他に何隻《なんせき》かありますが、格調の高さでは今のところ、このエテルネルが世界一とも言われているそうです』

ほう…、と男性キャスターは唸《うな》ったあと、口を開いた。

『狙われた弥勒菩薩像…というと、二年ほど前にクリスティーズで落札された、ガンダーラ時代のものですかね？』

肘掛《ひじか》けに置かれた柳井の指先が、ぴくりと跳ねる。

『ええ、今回狙われたのは、二年前、このエテルネルを所有するル・ソレアル社の社長、オーベール・クロード氏が、クリスティーズで一二〇九万ドル、日本円にしておよそ十二億円で落札したガンダーラ時代の弥勒菩薩の胸像だと言われています』

途方もない値段に対しては、柳井は微動だにしない。

世の中には金銭的価値でしかものごとを測れない人間が多いが、美しさは値段ではない。

半日と保《も》たない花であっても、時にその美しさは名だたる名画をはるかに凌駕《りょうが》するほどの感動を人に与える。

それに金銭的価値でいえば、本来、この仏像はその三分の一の四〇〇〇万ドル——約四億円あたりが妥当だといわれていた。オークションで見栄《みえ》っ張りのコレクター同士が競り合って、値段を吊《つ》り上げ過ぎただけの話だ。

キザったらしいオーベル・クロードの顔を思い出し、柳井は高貴《ノーブル》に整った顔を微妙に歪《ゆが》めた。

金は山ほど持っているのだろうが、札束で人の頬《ほお》を叩《たた》くような真似《まね》をして平気な男だ。

『盗品ではないかという話もありましたよね』

男性キャスターの問いに、女性キャスターが頷《うなず》く。

『そうですね。しかし、クリスティーズ側はこの話を正式に否定しています。ただ、アフガニスタンから持ち出された仏像であることは認めており、これが文化財の流出であるか、あるいは文化財の国外避難、保護と見られるかで、世論が分かれていました』

アフガニスタンは内戦の際、国立アフガニスタン博物館の所蔵品の八割ほどが盗まれてしまっている。さらにはその奪われた品々が、国外に大量に流出したことが問題となっていた。

アフガニスタン博物館のみならず、他にもバーミヤンなどの仏教遺跡からの盗掘、盗品といった形で、当時、アフガニスタン内の貴重な文化財が多数持ち出されたと言われている。

もちろん、クリスティーズ側の主張は、世界的文化財の国外避難というものだ。

『こちらが、今回狙われたという弥勒菩薩像です』

女性キャスターの声にあわせて、目を半ば伏した半眼《はんがん》の石像が画面に映し出される。

その瞬間、柳井は細く形のいい眉《まゆ》をひそめた。

弥勒菩薩はどこか夢見るような表情で、口許《くちもと》にやわらかい笑みを刻んでいる。全体的に黒みを帯びた雲母片岩《うんもへんがん》による美しい胸像だった。

胸から下と背後の光背の一部以外を失った胸像は、上半身をかすかに前へと倒している。この弥勒菩薩像は螺髪《らはつ》が多い仏像には珍しく、長い髪を束ねずに肩に垂らしているのが特徴的だった。

普通、菩薩といえば、悟りを求める修行中の釈迦《しゃか》の青年時代の姿を現すもので、王子らしく頭部はターバン装飾がつけられた像がほとんどだ。

ただし、弥勒菩薩は釈迦本人ではなく、釈迦の次に悟りを開いて仏陀となることが約束された、バラモン僧出身の修行者だとされている。そのため、バラモン僧特有の長髪を結い上げた像が多い。

しかし、この像は珍しく髪をそのまま肩に下ろしていた。

肩まで垂れた特有の長い髪型、さらにギリシャ風、あるいはローマ風の写実的な作風とその顔立ちは、仏像というよりは古代ギリシャの天使像に雰囲気が近い。宗教の如何《いかん》、あるいは制作された国の文化云々《うんぬん》を問わず、見る者すべての心を捉《とら》えるような魅力的な像だ。

だが、決定的に趣味の悪いことに、額には以前にはなかった煌煌《きらきら》しいダイヤモンドが嵌《は》め込まれていた。

「何だ、これは…悪趣味な…」

思わずチェアから身を起こして呻《うめ》いた柳井に代わり、男性キャスターが尋ねる。

『この額の石は水晶ですか？　それとも、ダイヤモンドか何かですか？』

『こちらは購入後にクロード氏が、額の白毫《びゃくごう》に替えて嵌め込んだダイヤだそうです。仏像では丸い膨らみなどで表現するのが一般的ですが、クロード氏によると水晶や真珠などの高貴な宝石で表現することもあるそうです。ちなみにこのダイヤ、なんと三カラットもあって、推定価格は四百五十万円ほどだそうですよ』

四百五十万円という額も、これっぽっちも柳井の心には響かない。

たとえそれが四百五十万円だろうが、四千五百万円になろうが、悪趣味なものは悪趣味だ。

そんなものを大きさや額面で測って、有り難がっている人間の方がどうかしている。

『なるほど、美術に精通した方ならではのこだわりなんですかね？』

『クロード氏はアジア、仏教美術などにも造詣《ぞうけい》が深い方らしいので、そうなのかもしれませんね。この像はかつて全体的に鮮やかな彩色がされていたそうで、近くクロード氏はもとのように美しく彩色し直すことも視野に入れているそうです』

女性キャスターの説明に、柳井は整った顔を歪めた。

「最低だな…。成金趣味もここに極まれりだ」

美術品の修復というのは非常に難しい。何でもかんでも、制作当時の姿を再現すればいいというものでもない。

すでに胸から下を欠損した古い像に、当時そのままの艶《あで》やかな彩色をしたところで、全体の均衡は取れない。

美術品というのはそのあたりのバランスが専門家でも難しくて、各国の有名美術館でも学芸員《キュレーター》によって意見が分かれたりする。

ただの美術愛好家が素人考えで修復を行うことほど、怖いものはない。

溜息《ためいき》と共に、柳井はテーブル上のノートパソコンを膝《ひざ》の上に取り、薄暗がりの中、キーボードを叩きはじめる。

海外ニュースでも、香港でエテルネルを襲った武装強盗団のニュースは、ほぼトップニュースに近い扱いだった。

『今回の事件を受けて、ル・ソレアル社のスポークスマンを通し、クロード氏は次のように発表しています。「エテルネルの中の安全と秩序は完全に保たれています。我々は引き続き、乗客の皆様方に快適で素晴らしい船の旅を提供する用意があります。エテルネルはこのあと、予定通り、あさっての夜には香港を出発し、台湾《たいわん》、上海《しゃんはい》、天津《てんしん》を経て、東京に着く予定です」』

柳井はしばらく、エテルネルの就航予定や船内の解析図、スイスの警備会社の詳細などを丹念に調べる。

「東京では、船上パーティーが二晩にわたって行われる予定…、二日目は特に仮装パーティー…、こいつは素敵な趣向だな」

柳井は薄めの唇に指をあてがい、呟くと片側のアームに身を凭《もた》せかけた。

続いて都内でホストが集団暴行を受けて死亡した事件へとニュースが変わると、柳井はその俗っぽい内容に完全に興味を失った。

テレビを消し、代わりにオーディオをつける。

リモコンを操作した柳井は、ハチャトゥリアン作曲の組曲『仮面舞踏会《マスカラド》』からワルツ曲を選んだ。

仮面舞踏会ならハチャトゥリアンと言われるほど有名なワルツ曲は壮大でテンポよく、ロシアの作曲家によって作られた曲なだけにどこか異国情緒もあって妖《あや》しげだ。

ボリュームを上げてゆくと、天井の高い洋間の中をワルツ曲がまるで渦巻いてゆくように聞こえてくる。

柳井は鈍い光の中で、飴色の光沢を放つ年代物の調度品をしばらくうっとりと眺めた。

淡いモーブ・ピンクの別珍のカーテンは、窓際で幾重にも上品なドレープを作っている。フロアランプの明かりに、ゆるやかな襞《ひだ》の影が優雅で、どれだけ見ていても飽きない。

見た目、二十代後半といった端整な美貌《びぼう》を持つ柳井将宗は長い脚を組み、その細身の身体《からだ》をハイバックチェアに預けていくらか考え込む。

かつては旧柳井伯爵家の所有だった、イギリスのチューダー様式を持つ重厚な屋敷は、駒場《こまば》の一角にある。この中に住まうのは、今は柳井将宗一人だ。

両親はすでに共になく、兄弟や係累もいない。

親からの遺産である、古い石造りの屋敷に一人住まいの気楽な身分でもある。

細面で整った顔立ちは、確かに旧堂上《どうじょう》華族の血を引くと言われても十分に頷けるだけの、気品あるものだった。今年で三十四歳になるが、肌の肌理《きめ》細かさなどは二十代としても十分に通る。

少々細身だが、それも家系的なものだ。

戦後に相当数の稀少《きしょう》な所蔵品を手放し、あるいは奪われたが、それでも先祖伝来のものはいくらか残った。

そのため、美しいものにこだわる目は相当に養われたと思う。

今も美しいものは大好きだ。

この今の自分の容姿も含めて…。

ハイバックチェアに背中を預け、落ち着いた部屋へと視線を巡らした柳井は、やがてゆっくりと目を閉ざした。

一章

I

エテルネルは予定通り、二週間後の金曜日、東京の大井《おおい》コンテナ埠頭《ふとう》に接岸した。

本来、大井埠頭はコンテナ専用の貨物埠頭で、豪華客船が接岸するような場所ではない。

しかし、エテルネル級の大型船ともなると、東京周辺では接岸出来る埠頭が限られる。

豪華クルーズ船は、よく『海上のホテル』などと形容されるが、入港してきたエテルネルは八階建てで、もはや『海上に浮かぶ街』と呼べるほどの巨大さだった。

クルーズ船がよく入港する横浜《よこはま》でも、エテルネルほどの大きさとなると横浜ベイブリッジの下をくぐることが出来ない。結局、横浜でも貨物埠頭に接岸することになるため、今回は大井埠頭が選ばれたらしい。

コンテナ用の無骨な施設や機材が並ぶ埠頭には、一般見学者の立ち入りは禁止されている。それでも、乗り降りする乗客用のシャトルバスの他、エテルネル目当ての報道陣が大勢詰めかけていた。

これというのも…、と今日は眼鏡に地味ないでたちで、何食わぬ顔してチェックインをすませた柳井将宗は内心苦々しく思った。

必要以上に報道陣が詰めかけているのは、この間の香港での中国系窃盗団に加えて、『十三代目左《さ》衛門之丞《えもんのじょう》』を名乗る怪盗もどきが、今回、柳井が目をつけた弥勒菩薩像をいただくとの犯行予告を行ったせいだ。

左衛門之丞というのは、江戸時代に義賊として名前を残した大盗賊として今も伝わっている。

当時、徒党を組んで商家に押し入る盗賊がほとんどだった中、もっぱら一人で盗みに入り、あくどく稼いだ商人から盗んだ金を貧しい者に分け与えたなどと、落語や浄瑠璃《じょうるり》、読本などに広く名を残している盗賊だ。

歌舞伎《かぶき》役者でもあるまいし、それの十三代目などとは間違いなく愉快犯なのだろうが…、と柳井は臨時に埠頭に設けられたボーディング・ブリッジから乗り込みながら思った。

乗船口には、船長らスタッフが出迎えのために並んでいる。そこから少し下がったゲートに、私服警官らしき男達が並んでいるのを、柳井は目敏《めざと》く見つけた。

コンテナの横に何台かの警察の隊員輸送車が数台停まっていたのは、やはりその十三代目左衛門之丞とやらの妙な犯行予告のせいだと思われる。

香港では地元の香港警察ではなく、ル・ソレアル社の雇ったスイスの警護会社が船内での警護にあたったのは、おそらく香港警察が信用に足らないとされたのだろう。日本ではどうやらそのスイスの警護会社ではなく、警視庁が直接に警備に当たるようだ。

さて、日本の警察のお手並みはどれほどのものか…、柳井は私服警官の横を素通りして、浮かれた様子の船内へと足を踏み入れる。

エントランスを入ってすぐのプロムナードでは、すでに歓迎のための軽快な軽業《かるわざ》ショーが始まっていた。家族連れやカップルなどが歓声を上げてそのショーを見守っている。

二階分が吹き抜けとなった、広いプロムナードだ。このプロムナードの他にも、船の中央部分には四階分の吹き抜けのある、ショッピングモールを兼ねた巨大なプロムナードもある。

それだけでエテルネルがどれだけの規模の客船なのか、海上の街とまで呼ばれるだけの広さかわかる。エテルネルそのものが、下手なデパートや駅ビルなどよりも、縦横にはるかに大きな建造物だった。

フロントで部屋のカードキーを手にした柳井は、仕事道具を入れたキャリーバッグを押して、部屋へと入る。

経費の都合上、部屋は一番安価で窓のない内部屋だった。中はビジネスホテルのシングル並みの広さしかなく、長くいれば息が詰まりそうだ。しかし、別にこれで何泊もの船旅をするわけではないので、かまわない。

日頃、身を置く空間、そしてそれを飾る絵画や芸術品にはこだわりたいが、ここはいわば柳井にとってのバックヤード、楽屋裏にあたる部屋だ。荷物が置けて、着替えさえ出来れば十分だった。

いったんキャリーバッグを部屋に置くと、柳井はカメラを手に、何食わぬ顔で船内をぐるりと見て歩く。

船内図はすでに頭に入れている。あとは経路の確保を含め、図面にはない船内の設備や立ち入れない箇所の把握、スタッフや警察の配置をチェックする必要がある。

やはり、ほとんどの私服警官が今夜パーティーの行われる展望ラウンジ――弥勒菩薩像の置かれた最上階のラウンジルームから、船内エレベーターなどといった移動経路を中心に配置されているようだった。

あまり目立たない格好をしていても、男一人で歩き回っていては不審に思われる。ひと通り見てまわると、やがて柳井は部屋に戻った。

取りだしたのは、長い黒髪のウィッグ。さらにはシフォンの長袖《ながそで》を持った、ラベンダー色のエレガントなロング丈のワンピースだった。

狭い部屋で物憂いボサノヴァをBGMに、化粧水や美容液で丹念に肌を手入れしたあと、ガーターつきのストッキングに脚を通した。下着もエレガントな女性ものを身につけたあとは、ワンピースに袖を通す。

その後は入念なメイクの時間だった。下地、ファンデーションと、時間をかけて丹念に下地を作ると、『イパネマの娘』の鼻唄《はなうた》交りにアイメイクを施す。もともと長い睫毛《まつげ》にさらにつけ睫毛を施すと、目を伏せた表情はとても女性的なものになった。

柳井は自分の美貌のほどを熟知している。もともと小ぶりで線の細い、よく整った上品な顔だ。色白で肌理も細かく、化粧も綺麗《きれい》に乗る。

フェミニンな印象のプラムローズのルージュを塗ると、淡くチークを刷《は》く。首許には喉仏《のどぼとけ》を隠す幅広のチョーカーをつけた。さらにウィッグをかぶると、部屋に入るまでとは佇《たたず》まいがまったく変わる。仕上げに耳の後ろあたりに微量の香水をつけて、細いヒールに足を入れると、誰の目にも黒髪東洋系の艶《あで》やかな美女となった。

大ぶりなイヤリングをつけながら、柳井は鏡の前で横顔などを入念にチェックしたあと、髪をかき上げてみせる。

まず、間違いなくほとんどの男を落として見せることは出来ると、柳井はこちらを見る妖艶《ようえん》な美女に一つウィンクをして立ち上がった。

むろん、肌や髪の色といった好みはあるだろうが、今、この船の中に自分よりも美しい女がいるようには思えない。

小脇《こわき》に仕事道具を入れたクラッチバッグを抱え、柳井はするりと部屋を出た。仕種《しぐさ》や歩き方も、もはや完全に女性のものとなっていた。女性にしては少々背が高いが、外国人客の多い中ではそこまで目立つわけでもない。

すでに船内は、ディナーや今晩のパーティーに向けて盛装をした人々が歩き始めている。

柳井は乗客に紛れてゆっくりとしたペースで歩きながら、警察関係者の配置をさらにチェックした。

どの私服刑事も紺のスーツに揃《そろ》いの浅葱《あさぎ》色のネクタイ、耳に受信機をつけて鋭く視線を走らせているため、それとわかる。

柳井は優雅な足取りで船内を隅々まで見てまわり、それぞれのセクションの開いている時間や非常脱出経路などをくまなく確認する。その間も、男性客の目が吸い寄せられるように自分へと向けられるのがわかる。

何人もの男達から声をかけられたが、柳井は意味ありげな笑み、あるいは完全な無視でそれをかわす。

そして、パーティーの始まる頃合いを見計らって、柳井は目当ての弥勒菩薩像が置かれた展望ラウンジへとするりと上がっていった。

すでにラウンジでは壁際の楽団が演奏をはじめており、着飾った人々が次々と入ってくる。

そんな人々の流れに抜け目なく目を配っていた柳井は、やがて展望ラウンジ前にいる年配の刑事と年若い刑事の二人が、警備の総括的な指示を出しているらしきことに気づいた。

年配の刑事は五十代半ばぐらいだろうか。それなりに経験を積んでいるようで、この場の中心的存在のようだった。

その横に立つ若い刑事は三十前後に見える。背は高く、やや甘めの顔立ちだが、なかなかの優男だ。ファイルを片手に、年配の刑事の補佐に立っているようでもある。

柳井が二人の様子を見守っていると、若い方の刑事とふと目が合った。柳井がプラム色に塗った唇の両端を上げ、にっこりと微笑《ほほえ》みかけてやると、若い刑事はうっすらと頬を赤らめる。

かすかに口を開き、柳井に見とれるその若い刑事に気づき、年配の刑事がその脇を小突いた。

「宮原《みやはら》、ぼやっとするな！」

抑えた声だったが、年配刑事の叱責《しっせき》は柳井の耳に入った。

「すみません…」

すごく綺麗な女《ひと》だったもので…、などと宮原と呼ばれた若い刑事はモゴモゴと口ごもっている。

「仕事中だ、アホウめ。鼻の下伸ばすな」

柳井は宮原に向けていたゆるやかな流し目を、そのまま年配の刑事に投げてみたが、無骨な一瞥《いちべつ》が返ってきただけだった。会釈一つない。

こいつは相当の堅物だなと、柳井は思った。

若い方の刑事はとにかく、この堅物刑事には色仕掛けも通用しそうにない。それなりに手強《てごわ》そうな相手だ。

刑事をからかって遊ぶのはそこまでにして、柳井はラウンジの奥へと人の間を縫って進む。

円形の展望ラウンジは、二階分が吹き抜けとなっている。その丸い壁に沿って、ゴッホだのルノアールだのといった名だたる有名画家の絵やギリシャ時代の彫刻、クメール朝の石像などが置かれている。

どれも一点ずつを取り上げれば素晴らしいものだが、柳井にしてみれば全体的な調和は取れていない。ただ、今日は人もかなり多いので、その調和についてはあまり気にかける者もいないように見えた。

そもそもこういった美術品や絵画を鑑賞するには、ある程度の空間と静けさ、ゆとりが必要だ。

客寄せのパンダじゃあるまいし…、と柳井は冷めた目でラファエル前派の女性画を横目に眺めながら、部屋の奥へと足を運んだ。

目当ての弥勒菩薩像は、ラウンジの一番奥にあった。

おそらく防犯ガラスだろう、必要以上に厚く無粋なガラスの衝立《ついたて》の向こうで、弥勒菩薩は優美なアルカイックスマイルを浮かべている。

その両脇を、制服姿の警察官が二人で固めていた。

落札価格十二億円という値段に加え、つい先日も武装強盗団に狙われたこともあって、胸像の前はずいぶんな人だかりとなっている。

柳井は人の流れに沿って弥勒菩薩像に近づき、その美しさに見入る。

高さは四十センチ弱ほどの、やさしい、とても柔らかな笑みを浮かべた像だ。くっきりとした西洋風の顔立ちに、東洋風の曖昧《あいまい》な笑みが巧みに融け合っている。

首許や腕を飾る装飾はオリエンタルだが、精緻《せいち》な造りは職人の腕のよさとひたむきさを感じさせる。

向かって左の目には、うっすらと白く当時の彩色の跡が残っていた。オーベール・クロードが執心しているという、彩色の名残だ。

制作当時は、色鮮やかに彩色されていたのだろうが、今は風化した雲母片岩の味わいもあってガンダーラ王国の往年の栄華を偲《しの》ばせる像となっていた。

額のぎらぎらした真新しいダイヤモンドだけが、異様に浮いているのがなんとも惜しまれる。

あのダイヤを嵌め込むため、本来あった石像の白毫を削り取ったのだとしたら、それはすでに美術品への冒瀆《ぼうとく》だと柳井は忌々《いまいま》しく思う。

しかし、それでも美しい…、柳井は溜息をついた。

本当に美しい像だ。

柳井はしばらく時間も忘れ、その弥勒菩薩像に見入っていた。

「見事ですね」

隣からよく響く声をかけられ、柳井はゆっくりとそちらへと顔を向けた。

ヒールを履《は》くと一七五センチを越える柳井よりも、まだ背の高い男が立っている。歳は四十前後だろうか、落ち着いて大人びた物腰を持つ、ずいぶんいい男だ。顔立ちも鼻筋が通って知的なはっきりとしたもので、成熟した雰囲気がある。

身につけたタキシードが嫌味なく似合っているのも、日本人にしては珍しい。きれいに身体に添ったラインは、まちがいなくオーダー品だ。オーソドックスな形だからこそ、体格的に西洋人に劣る日本人には着こなしの難しいものだ。

しかも時計はブレゲ、それだけでこの男の潤沢《じゅんたく》な懐具合が知れる。

柳井は妖艶《ようえん》な眼差《まなざ》しの裏で、ざざっと男を値踏みする。

「ガンダーラ美術最盛期のグレコローマンスタイル…、ここまで完璧《かんぺき》で柔和な美を持つ仏像は、なかなかないですね」

見事なのは、男のこの魅惑的なバリトンとこの甘やかな笑みだろう。

答えるとさすがに声で男だとわかるため、柳井はかすかな瞬《まば》きと微笑みを返すだけにとどめる。

ガンダーラ——紀元前六世紀から十一世紀までの長きにかけて、アフガニスタン東部からパキスタン北西部にかけて存在した古代王国だ。一世紀頃から仏教国となり、初めて仏像を生み出した国としても知られている。それまでの仏教は偶像崇拝を否定しており、このガンダーラでギリシャ文化と融合して初めて、仏陀の姿が像として表現されるようになった。

作り出されたその仏像は、当時のギリシャ、シリア、ペルシャなどの影響を受けて、ほとんどが写実的な作風を持っている。東洋と西洋が巧みに混じり合った独特の容姿を持つ仏像は、謎《なぞ》めいて曖昧なアルカイックスマイルをたたえるものも多く、愛好者も多い。

「この像は胸から下がないが、はたしてこれが立像だったのか、座像だったのか…、そういう意味でも想像をかき立てられますね」

まさにその通りだと、柳井は思う。ルーブル美術館に置かれた腕や頭部のないサモトラケのニケ像や、腕を持たないミロのヴィーナスのように、完全な形で残っていないがために、逆に見る者の胸の内にいつまでも強い余韻となって残る。

ただ…、と男はつけ足した。

「ただ、あのダイヤモンドはいただけないなぁ」

最後のひと言は独り言めいていたが、それについてはおおいに同感だ。いただけないどころか、この像の持つ優雅な調和を乱し、すべてを台無しにしてしまっている。

片手をスラックスのポケットに突っ込み、しばらく仏像を見上げていた男は再度、柳井に微笑みかけてきた。

「今日は、こちらの仏像をご覧になるためにいらっしゃったんですか？」

途中、声をかけてきた何人もの男性客のように、どうやらこの男も美女に化けた柳井を口説きにかかっているらしい。

柳井は仏像周囲の防犯システムに目を走らせ、少しの間、この男と共にいた方が目立たないと判断する。一人客よりも、カップルでいた方が何かと目立ちにくいものだ。柳井もこの男も、一人で立っていると必要以上に人目を引いてしまう。

ふっと肩の辺りを庇《かば》うように腕をまわされ、柳井は男が一瞬、大きく乱れた人の波から自分を守ったことに気づく。

柳井は唇の両端を引き上げ、男に感謝の意を示した。

多少、腰回りに触れられたところで、柳井のウエストは相当に細い。そうそう男だとばれることもない。優美で柔らかなドレープを持つワンピースのラインもよく言えば慎《つつ》ましやかで、身体のラインが極力目立たないものだ。

男女を問わず、美しい容姿を持つ自分にやに下がる相手を手玉に取るのは、柳井にとってはお手の物だ。

「よろしければ、飲み物でもいかがです？」

男は柳井の腰のあたりに軽く手を添え、カウンターバーの方へと促してくる。

人の波からは庇ってくれるものの、必要以上に触れてこないそのエスコート術も堂に入ったものだ。

いったい、どれだけの場数を踏んでいるのか。

確かにこれだけの容姿なら、エスコートされる側も悪い気はしないのだろうが…。

「何か、ご希望のものは？」

男が尋ねてくるのに柳井は微笑み、手近にあったスタンドメニューのキール・ロワイヤルを指し示した。その指もストーンつきのつけ爪《づめ》で飾ってある。労働知らずのしなやかさは、何ら女性に遜色《そんしょく》ないものだ。

男はキール・ロワイヤルを二つ注文すると、あらためて柳井に向き直った。

「もしかして、日本の方じゃないのかな？　私の言葉はわかりますか？」

運ばれてきたグラスを柳井と合わせながら、男は尋ねた。

ずいぶん自分に自信があるようだ。多少、言葉が伝わらずとも、相手が自分を敬遠するなどとは思ってもいないらしい。

『英語で話した方がいい？』

艶《つや》やかなバリトンのまま、男は巧みな英語で尋ねてくる。

柳井はグラスに口をつけながら、曖昧に笑って男を上目遣いに見上げて見せた。

『お一人で入っていらっしゃるから、ずいぶん目立っていましたよ』

男の言葉に、柳井は頬に指をあてがって微笑むと英語で応《こた》えた。

『お上手なんですね』

少しトーンを上げた声のハスキーさも、英語だとそこまで目立たないはずだ。

そして、弥勒菩薩像へと再び控えめな視線を走らせる。

今のところ確認出来た盗難防止装置は、部屋に十箇所以上設けられた監視カメラの他、振動を与えると警報が鳴り響く防犯ガラス、像の前には縦横に走る赤外線。

おそらくあの菩薩像の台座は、やはり重量に反応して警報が鳴り響く装置だ。

それがスイスT社のものか、ドイツのM社のものなのかは、この位置からはわからない。

防犯用の重量測定装置については、まずこの二社が世界的なシェアをわけあっている。しかし、双方共に、よく似た形状、よく似た造りながら、装置の警報解除のための扱いがまったく違う。

何よりもそれをチェックしたいが、あの防犯用ガラスをはさんでいると、どうやっても正面からはチェック出来ない。

そうなると逆に…、と柳井はラウンジ内へと視線を走らせる。

『どなたかご同伴者がいらっしゃるのかと思ってしばらく見てたんですが、そうでもないようですね。正直、あの麗《うるわ》しい弥勒菩薩像もあなたの前では霞《かす》んで見えた』

歯が浮くような言葉を重ねた男を、柳井は軽い笑いで受け流す。男はそんな柳井の反応に満足そうな表情を見せると、曲調を替えた楽団へとちらりと目を向けた。

『少し踊りませんか？』

すでにホールの真ん中には、次々と手を取り合ったカップルが曲に合わせてダンスを始めている。そのほとんどが外国人だが、中には日本人同士の姿もあった。

防犯システムを七割方チェックした柳井は、七分まで空けたグラスをそのままに、これ以上の長居は無用とかたわらに置いたクラッチバッグへと手を伸ばした。

その仕種に、柳井の意図を早々に察したのだろう。

『ダンスはお嫌いですか？』

なおも尋ねる男に、柳井はゆるやかに首を横に振ってみせ、スツールから腰を下ろす。

『得意じゃないんです。カクテルをありがとう』

それだけ言って行こうとすると、それまで少しも強引な動きをしなかった男の腕がふいに伸びてきて、柳井の肘のあたりをつかんだ。

柳井がわずかにそれを咎《とが》める視線を向けると、男も立ち上がり、ねぇ…、と柳井の耳許へと唇を寄せてくる。

「とても上手に女性に化けていらっしゃるが、仮装パーティーは明日ではありませんか？」

明確な日本語の裏には、からかうような響きがある。この言い分では、どうやら最初から柳井の正体を知っていたようだった。

反射的に、柳井は男を横目に睨《にら》んだ。つかまれた腕をふりほどいてやろうとしたが、男の手は大きく、しかもけっこうな力で振り払えない。

「こう見えても鼻が利くんです」

嫌な男だ。男だとわかっていて、からかってくるだなんて…、と柳井は魅惑的な声でにこやかにささやいてくる男に向かって手を上げ、したたかその頰を打った。

乾いた音に、隣にいた老夫婦が驚いたようにこちらを見るが、柳井はかまわずにかたわらのクラッチバッグを抱えた。

平手打ちをした瞬間、男にはよける余裕があったのだと気づいた。

しかし、男はよけもせずにわざと柳井に頰を打たせたようだ。口許には、さっきまでとは種類の違う笑みを浮かべている。

これだけ周囲の注目を浴びても、みっともなく女に頰を打たれたというのに、焦《あせ》ったり怒ったりする様子もない。ただカウンターに肘をつき、ニヤニヤと柳井を見ている。

本当に趣味の悪い、嫌な男だ…、柳井は最後に男を一瞥すると、さっさとその場を去った。

Ⅱ

翌日、柳井は船内のロイヤル・プロムナードにあるカフェで、遅めのブランチを済ませた。

プロムナードに面したショップは、仮装パーティー用のグッズやドレスを買い求める家族連れで賑《にぎ》わっている。

特に一番人気は、様々な仮面を扱うワゴンショップだった。

定番の顔の上半分を隠すものから、顔全体を覆《おお》い隠すものまで、色とりどりの仮面が飛ぶように売れている。

柳井は楽しげな人々を横目に、少し不機嫌な顔で座っていた。

昨日の男が気に入らない。気に入らないどころか、結局、菩薩像の台座に使われている防犯システムが、どこのメーカーのものなのか確認しそびれてしまった。

甘い声とマスクを持った、ただのナンパ男だと思っていたが、それにしても質《たち》が悪い。

——とても上手に女性に化けていらっしゃるが…。

あの微妙に笑いを含んだ声、思い出すだけで忌々しい。

何者なんだ、あの男…と、柳井は細い眉を強く寄せる。

あれだけ目立って華やかな、ほとんどの女性を簡単に転がせそうな男だったが、ちょっと得体が知れなくて薄気味が悪い。たまたま鼻が利くだけなのか、それとも何か自分がしくじったのか…。

声だろうか…、と柳井は細い喉許を押さえる。アジア圏以外では、女性のやや低めの声やハスキーボイスは色っぽいものとして歓迎されるし、これまで尻尾《しっぽ》をつかまれたこともなかった。なのに、昨日は声の出し方でもしくじったのだろうか。

今夜も会場にいなければいいが…、と警戒した柳井は、しかし…、と思い直した。

今夜は女に化けるつもりはないので、そうバレることもないだろう。

敵はよくも悪くも、あれだけ人目を引く相手だ。こちらから用心して、なるべく近づかずにおけば、そこまでトラブルの種にもならないはずだ。

柳井がグラスを片手に色々考えを巡らせていると、昨日年配の刑事にどやされていた宮原という若い刑事が、近くのバーガーショップに入ってゆくのが見えた。

柳井は目の端にその様子を見守る。

やがて五分後、宮原は大きめの紙袋を二つほど提げて出てきた。どうやら、同僚らの昼食の買い出しに来たらしい。

ちょうど携帯が鳴ったらしく、宮原はポケットから携帯を取り出して、もしもしと応じた。

柳井は宮原の会話に聞き耳を立てる。

「あー、それは大賀《おおが》さんの指示です。大賀さんですか？　今、乗客リストをチェック中で…、ええ、ファイルは大賀さんにお渡ししました」

宮原の会話によると、どうやら昨日、宮原と共にいた年配の刑事は大賀というようだ。指示内容などを聞く限り、それなりに経験を積んだ抜け目ない熟練刑事に思える。

だが、柳井は完全な偽名で部屋を申し込んでいる。乗客リストを調べたところで、足はつかないはずだ。

「了解しました。今から戻ります」

宮原は携帯を元のように、スーツの内ポケットに戻す。

柳井は立ち上がると、宮原の前を横切る振りで軽くぶつかった。

「あ、ごめんなさい」

乗船時のように地味な眼鏡をかけ、おとなしいいでたちに作った柳井は、人のよさそうな笑みを浮かべて頭を下げる。

「お荷物、大丈夫でしたか？」

気遣う風で宮原の提げた紙袋を覗《のぞ》き込むと、飲み物が気になったらしき宮原も紙袋の隙間《すきま》から中身をチェックして笑みを見せた。

「大丈夫みたいです、こちらこそ、失礼しました」

どうも、どうもと頭を下げ合って別れたあと、柳井は物陰で宮原のスーツの内ポケットから掏《す》った手帳をめくった。パスワードではないかと思われる、いくつかの数字とアルファベットの組み合わせを、素早く写メで撮る。

こればかりは、別に手帳に書き留めた宮原が不用意なわけではない。機械的に与えられる無作為な数字とアルファベットの羅列は、普通の人間ならアナログな方法で書き留めておかなければ、到底覚えられないものだ。

デジタル社会の弊害のようなものだと、柳井はほくそ笑みながら、近くにいたレセプションスタッフに落とし物ではないだろうかと手帳を預けた。

コーヒーショップでコーヒーだけ買って、柳井は部屋へと戻る。

持参したノートパソコンを取り出すと、入手したパスワードで警視庁内のサーバーへの接触を試みた。昨日、何度か侵入しようと試してみたが、再三にわたる他国からのサイバー攻撃のせいだろう。セキュリティが非常に高度なものになっていて、柳井の腕でも以前のようには潜り込めなくなっていた。

ならば…、と物理的にパスワードを手に入れるという、もっともベーシックな手段に切り替えた。

使用するＩＤは、以前、飲み屋で柳井を口説いたキャリアのＩＤだ。散々に酔わせてホテルに連れ込み、ＩＤを抜き取った。

「ビンゴ」

三つ目のパスワードを試してみたところで、ログインに成功する。

しかし、山ほどある膨大なデータの中から、今回の警備計画書なるものを見つけ出したが、肝心の菩薩像の台座のメーカーがわからない。

まったくの徒労に柳井は軽く溜息をつくと、気分転換にシャワーを浴びた。

狭いシャワールームから出てくると、クローゼットに吊っておいたフロックコートを取りだす。ベストまで揃ったグレーの美しいフォルムのフロックコートを見ると、もともと美しいものの好きな柳井の気分は徐々に高揚してくる。

昨日のエレガントなワンピース同様、人並すぐれて整った自分の容姿を引き立てる衣装は好きだ。

そして、パーティーなどといった華やかな場で、美しく装って人から注目されるのも大好きだ。

柳井は今日もやはり鼻唄《はなうた》交りにシャツやベストを身につけて髪を整え、淡い藤色《ふじいろ》のアスコットタイを襟許に結んだ。

誰の目にも育ちのよさそうな美形ぶりだけでなく、柳井は子供時代、旧華族の名に恥じぬようにとそれなりに厳しく躾《しつ》けられて育った。

容姿のいい人間は世の中それなりにいるだろうが、いかにも貴族らしく上品な振る舞いのできる人間というと、そうはいない。

淡い藤色のアスコットタイは軽薄になりすぎることもなく、柳井の顔形によく映えた。そのタイの中央に、柳井は祖父の遺品である黒真珠のスティックピンを飾る。

うっとりするほどの絶妙な組み合わせ、色合わせではないかと、柳井はしばらく胸許に手を添え、真珠のつややかな淡いグレーの光沢に見入った。

パーティーの始まる時間となり、柳井は最後に机の上に置いていた黒い片目用の仮面を手に取る。ヒジューと黒い羽根飾りのついた片目用の仮面は、柳井の綺麗な顔を半分も隠しはしない。むしろ、一部を隠すことによってその顔立ちのよさをさらに引き立て、染み一つない肌のなめらかさを際立たせている。

柳井は仮面を身につけた自分の美しい姿に満足すると、部屋を出た。

仮装パーティーは昨日よりもさらに盛況で、仮面をつけた多くの人間で最上階のラウンジは沸《わ》いていた。

単にフォーマルドレスに仮面をつけただけの者から、ハロウィン並みの仮装、妖精やプリンセス、海賊の格好をした子供達、そしてヴェネチアのカーニバル並みに凝った衣装の者まで、様々だ。

今日は私服刑事達も、どこで入手してきたのか、一応、怪傑《かいけつ》ゾロのような冴《さ》えない黒の仮面をつけて場に馴染《なじ》もうとしているようだ。めったに発揮されることのない、日本警察のサービス精神に柳井は笑いを洩らしそうになった。

これだけ奇抜な格好の人間で溢《あふ》れていると、警備にもさぞかし苦労がいるだろう。

人々が笑いさざめき、踊る中、柳井はウェイターから受け取ったグラスを手に、今日は弥勒菩薩像から少し離れた吹き抜けの二階にいた。

階下のホールで黒い仮面をつけた大賀にあれこれと指図される、長身の宮原の姿も視界に収める。見た目は悪くないので、飾り気のない黒い仮面もそれなりに似合っている。

届けた手帳はその後、無事に宮原の元に戻ったのだろうかと、柳井はその姿を上から見下ろしながら口許に薄く笑みを刻んだ。

明るい髪色の青年は、なかなか憎めないキャラクターのようだ。

始末書など書かされていなければいいが…、と柳井はほんの少しばかり同情しながらハンドルつきのオペラグラスでそんな宮原の様子を少し眺め、次に弥勒菩薩像へとレンズを向けた。

両脇の警察官は今日は四人に増やされている。私服刑事のような仮面はつけておらず、代わりに金色の飾緒を肩から下げた官服と呼ばれる礼服を身につけているのが面白《おもしろ》い。

「日本の警察も捨てたもんじゃないいな」

柳井は呟く。

野暮《やぼ》と粗野、品のない下劣さは柳井のもっとも嫌うところだ。

そして、肝心の菩薩像の台座の後方に小さく点《とも》った通電ランプを探した。その小さなランプの色と形で、メーカーを判断する。

四角い緑のランプ――それは当初の柳井の予想とは異なって、ドイツのM社のものだった。

おや…、と思ったところで背後から声をかけられる。

「やぁ、また、お会い出来たね」

柳井は驚くと同時に、内心舌打ちもした。

一度聞いたら忘れられない美声は、振り返らずとも昨日の男だとわかる。

案の定、後ろに立っていたのは、ハンドルつきの仮面を手にしたあの男だった。取り外しの容易な、むしろ、長く装着することの難しい仮面を手にしているあたり、顔を隠す気があるのか、ないのか。

長身の男は馴れ馴れしく柳井と肩を並べて、手すりに腕をつく。

昨日のオーソドックスなタキシードとはまた雰囲気を変えて、柳井と似たベストにドレスシャツといった、少し遊び心のあるフォーマルを身につけている。

忌々しいが、今日もそんなフォーマルが怖いぐらいに板についている。

「昨日のワンピース姿もとても魅力的だったけど、やっぱりその格好の方が様になってていいよ」

誰にも見破られたことのない柳井の女装をいとも容易に見破っていることも普通ではないが、柳井に気取られることもなく背後に立っているあたり、只者《ただもの》ではない。

「…どちら様です？」

「これは失礼」

素っ気なく尋ねると、男は胸許から名刺入れを取りだし、差し出してきた。

名刺には沖孝久《おきたかひさ》と刷られており、都内クリニックの形成美容外科医師の肩書きがついている。クリニックは青山界隈《かいわい》にあるらしい。

形成美容外科とは、ほぼ向こうの言い値で整形手術をするような胡散《うさん》臭いところかと、柳井は小さく溜息を洩らす。自分とはまったく無縁の商売だが、この立地だけを見ても、いかがわしくて金儲《もう》けに走っている匂《にお》いがプンプンする。

しかし、まぁ、本物ではないだろうな…、と柳井は名刺と沖という男の顔を見比べた。

この手で何人も相手を引っかけてでもいる、結婚詐欺師のような男なのだろうか。

だとしたら、腕のブレゲも納得がゆく。この浮き世離れした豪華客船のせいか、派手なフォーマルスーツのせいか、とても堅気には思えない。この下手な俳優も顔負けの存在感と、めりはりのある顔立ちのせいかもしれないが…。

「これって、本物？」

「嘘《うそ》だと思うなら、電話をかけてきて。直接、クリニックに来てくれてもいいよ」

薄く笑う柳井に、沖はずいぶん自信たっぷりに言い放つ。

そして、もっとも…、とつけ足した。

「もっとも、君みたいに綺麗な造形だと、うちに来る必要なんてないよね」

柳井は横目に沖を見上げる。

「男を口説く趣味でもあるんですか？」

「さぁ、最初はずいぶんな美人がいると思って見てたんだけど…、そうだな、君みたいな子なら、男の子も悪くないかもね」

艶っぽいバリトンでいけしゃあしゃあと言い放つ沖の言い分に、柳井は思わせぶりな笑みを作ってみせた。

この声でこんな風に口説かれれば、コロッといく相手はさぞかし多かろう。

だが、皆が皆、その手に引っかかると思わないでいてもらいたい。

引っかけるのは、むしろ、こちら側だ。その傲慢《ごうまん》な下心を利用してやる…、と。

「僕もあなたみたいに魅力的な男性に口説かれたのは初めてですよ」

柳井は片方の手を、仮面を持った沖の腕にそっと重ねた。

「沖さんは、クルージング？」

「いや、今回の東京だけの参加。船は好きなんだけど、さすがに太平洋を渡れるほどの休暇は取れないな」

「まさか、あなたみたいに素敵な大人が、一人で参加っていうことはないでしょう？」

どんな火遊びなのだと、柳井は笑う。

今でもセレブクラスには、たまにお互い火遊びを繰り広げるようなモラル感の欠如した夫婦がいたりするが、そんな手合いだというのか。

「残念ながら、一人だ」

沖は多くは語らず、にこやかに笑っている。自分に不利なことをぺらぺら喋《しゃべ》るほど、頭は悪くないらしい。

もっとも、節操のない男とは、たいていこういうものだという白けた思いが柳井の胸をよぎる。

「何、お友達が一緒だとか？」

たまに社会人クラブだとか、学校のＯＢ会、あるいは専門団体などが、交流会といった趣旨《しゅし》でこういった高級ツアーなどに団体名義で申し込んでいることがある。

もし、仮にこの名刺が本物であれば、医師会などで参加している手合いかもしれない。医者や弁護士などの高級取りには、四十前後で結婚もせずに不自由なく遊んでいる人種もいる。他が夫婦で参加していても、一人だけ独身で参加ということもあるかもしれない。

それこそ、遊び相手を物色するために…。

「お友達…、うん、知った顔が何人かいるにはいるけど…」

そう言って、沖は背の高いブルネット美女とフロアで踊っている、禿《は》げた仮面の男を指差した。

「黎明《れいめい》会病院の山田《やまだ》理事。あっちのご婦人同伴は…」

沖は続いてテーブルでカクテルを飲む、ロココ時代の貴族のような衣装を身につけた、でっぷりと太った年輩の紳士を指差す。

「参議院議員の佐藤大介《さとうだいすけ》氏。まぁ、どちらも話していて楽しい御仁じゃないね」

で…、と沖は楽しげに柳井の顔を覗き込んでくる。

「君は一人なの？　昨日も今日も、ずいぶん色んな人間の注目を集めてるけど」

注目を集めているのは知っている。

昨日は多数の男性から、今日は男女の両方から声をかけられた。

今日は七割が女性だったが、残りの三割は外国人男性だ。

わざとおとなしく目立たないように作っていなければ、柳井の容姿はかなり際立って人目を引く。

そんなことは十分に承知だ。

「一人ですよ。でも、これだけの人出だし、もう少し後でゆっくり出直そうかと思ってたところ。せっかくだから、あなたの部屋で休ませてもらってもいい？」

「かまわないけど、せっかくのパーティーはいいの？」

「だったら、ダンスでもしていきますか？」

柳井の問いに、沖は楽しげに声を上げて笑った。

「君は思っていた以上に面白いな。じゃあ、少しだけ踊ってみる？」

沖はひょいと柳井の腕を引いて、階段へと向かう。

「あの二人のお知り合いに、顔を見られても平気？」

「どうかな？」

階段を下りながら、沖は肩をすくめた。

「じゃあ、これを」

柳井は自分がつけていた、片方だけの仮面を外して渡す。

「おや、やっぱり、ずいぶん綺麗な顔だな。それにずいぶん高貴《ノーブル》な…王子さまみたいな顔立ちだ」

階段途中で受け取った仮面をつけながら、沖はそこだけ少し素に近い様子で呟いた。

柳井は、ただ意味ありげに微笑んでみせる。

「あなたもその仮面がよくお似合いですよ」

「ありがとう」

沖はあの魅力的な声で礼を言い、階段の下でひょいと柳井の腕を取り、向かい合うように腰に腕をまわしてきた。

「ダンスの経験なんて、ほとんどないんです。足を踏むかも知れませんよ」

沖の肩に手を置きながら、柳井は上目遣いに笑う。

「お手柔らかにお願いしたいな」

「どうだか」

束の間《つかま》、共犯者のように目を合わせて笑うと、二人はそのままダンスの輪へと混じった。

もともと柳井は何かと人目を引く上、沖が仮面をつけていても長身で目立つので、好奇心混じりの不躾《ぶしつけ》な視線もかなり集まってくる。

だが、滑稽《こっけい》なビーバーとクマの着ぐるみがおどけた様子で隣にやってきて、わっさかわっさかと一緒になって踊るので、すぐにただの酔狂だと思われたらしい。

わっと笑いと拍手が起こる中、アップテンポで小気味いいダンス曲に合わせて、ホールを半周ほどまわる。

最初に宣言したとおり、柳井にはダンスの経験などほとんどない。それでも、リーチの長い沖にリードを任せると、ずいぶん楽に円を描いて踊る事が出来た。

途中、素知らぬ顔で二度ほど足を踏んでやったが、沖はわずかに責めるような目を見せただけだった。昨日の平手打ちの件といい、見かけによらずMな気質でもあるのかもしれないと、柳井は勝手に決めつける。

だったら、そのプライド共々踏みつけにしてやると、柳井は涼しい顔の裏で思う。

ホールを半周したところで、沖がダンスの輪を躍《おど》り出るように腕を引いた。

そのまま手を取られてラウンジを出ようとしたところで、驚いたようにこちらを見ていた宮原と目が合った。

柳井が艶然《えんぜん》と笑いかけてやると、宮原がうっすらと赤くなるのが黒い仮面の上からもわかる。

「僕にご用ですか？」

柳井は沖に腕を取らせたまま、尋ねた。

「いや…、どこかでお会いしたかなと思って…」

宮原は男同士で腕を取り合っているのから微妙に視線を逸《そ》らし、口ごもる。

へぇ…、と柳井は目を細めた。

意外に勘がいい。

あのベテラン刑事の補佐についているのは、伊達《だて》ではないのか。

「それって、新手のナンパなんですか？」

宮原とのやりとりをどう思ったのか、沖はやんわりと腕を離してくる。経緯を見守るつもりなのか。

「いやっ、ナンパとか、そういうわけじゃなく…、あのっ、どうぞお気をつけて…」

「ありがとう」

何に気をつけろと言うのかよくわからないが、面白い刑事…、そう思いながら柳井は沖と共にラウンジを出る。

「色んな相手が君に夢中だね」

柳井が宮原に向かって笑ったのを目敏く見咎めたらしく、沖は笑って責める。

「面白い人だなと、思っただけ」

沖が最初に持っていたハンドルつきの仮面を目許にあてがいながら、柳井は笑う。

「刑事が？」

やはり宮原がどういう存在なのかすでに知っているのかと、柳井は不穏な形に仮面の奥の目を細めた。

ただの美容外科医などではなさそうなこの男に、少し興味が湧《わ》く。しかもこの男は、何らかの意図を持って自分に近づいて来たらしい。

共にエレベーターに乗り込むと、沖はペントハウスデッキと呼ばれる上層階フロアのボタンを押した。柳井がいる窓なしのスタンダードルームばかりが並んだ最下層フロアとは異なり、専属のバトラーがいるエグゼクティブフロアだ。

やはり相手を部屋に連れ込もうというだけはあると、柳井は隣のしたたかそうな色男を横目に見た。

エレベーターを降りると、ホテルの受付のようにバトラーの立つカウンターがあった。

『こんばんは、ミスター・オキ』

カウンターの向こうから、制服を着た年配のバトラーがにこやかに挨拶《あいさつ》をしてくる。

沖の腕に腕を絡ませた柳井については、愛想のよい笑顔を向けただけでまったくのノーリアクションだ。船内の客の恋愛沙汰《ざた》や性的指向に関しては、関与しない方針らしい。

「すごいね、バトラーがいるんだ。あなたの名前まで覚えてたよ」

「何も頼むようなことがないから、単に挨拶してくれるだけだよ」

感心して呟くと、沖は笑いながら部屋のドアを開ける。

案の定、沖が押さえていたのは居間と寝室の二間が区切れるようになった、バルコニーつきの広いスイートクラスの部屋だった。カーテンやベッドカバー、ソファーなどは、この船のテーマカラーであるロイヤルブルーとゴールドで取りまとめてある。

「ずいぶん、いい部屋だね」

柳井は自分の取った部屋に比べれば、はるかに広く快適な空間を見まわす。これこそが、豪華客船と呼ぶべき部屋だろう。今の柳井には手も出ない部屋だが…、と心が浮き立つような部屋にしばらく佇む。この部屋でなら、長いクルーズも十分に楽しめそうだ。

海に面した広いバルコニーには、ラタンのテーブルセットまで置かれている。

「一人で使うのは寂しくてね」

入り口でかいがいしく上着を脱がせ、ハンガーに掛けてくれた男は笑った。

「どうせ、誰かを誘うつもりだったんでしょう？」

「こう見えて、閉所恐怖症なんだ。狭い部屋だと、怖くて眠れない」

皮肉に対する男の巧妙な言い分に、柳井もついつい笑ってしまう。挑発を否定もしない軽薄さだが、気の利いた答えは嫌いではない。

「狭いけど、ジャグジーバスもある。見てみる？」

まるで子供を案内するように、沖は隠すこともなくバスルームやベッドルームを見せてくれる。

豪奢《ごうしゃ》な内装の部屋は、柳井の好奇心を十分にかき立てた。

いくら旧華族の末裔《まつえい》とはいえ、今はただの一般市民だ。普段、足を踏み入れることも出来ない部屋にはやはり興味がある。

船内については、設計士やデザイナーがコーディネートしているのだろう。オーベール・クロードの趣味の悪さが少しも反映されていないのもいい。

「素敵だな、バルコニーに出てもいい？」

「どうぞ、遠慮なく」

大人の余裕なのか、沖は特にがっついた様子もなく、バルコニーの扉を開いてくれる。

最上階に近いフロアから眺める、東京湾の夜景は見事なものだ。

湿り気を孕《はら》んだ潮風が頬を撫《な》でてゆくのも気持ちいい。

柳井がバルコニーからしばらく夜景を眺めていると、さっきのバトラーがシャンパングラスの載ったカートを運び入れてくる。

バトラーが注いだシャンパングラス二つを手に、沖がバルコニーに出てきた。

上着を取ると、見た目以上に着痩《きや》せするタイプなのだとわかる。バランスのいい男性的な体格は、嫌味なく絞り込まれている。

この男の外見と、深みのある声は嫌いじゃないなと柳井は思った。

「どうぞ」

グラスを差し出され、柳井はおとなしく受け取っておく。

「気前がいいんだ」

「こんな時に飲まなくて、いつ飲むの？」

「あなたぐらい素敵な人なら、そんな機会はいくらでもあるでしょう？」

華奢《きゃしゃ》なグラスを少し掲げて乾杯し、柳井は牽制《けんせい》混じりのリップサービスをしておく。その気にさせておいて、これからいいように転がしてやるつもりだ。

「素敵な出会いに」

歯の浮きそうなセリフと共にグラスを掲げてやると、同じように沖はグラスを掲げた。

「本当に。君は思っていた以上に、魅力的だったからね。会えてよかった」

昨日の女装していたことを言っているのだろうかと、柳井はグラスに口をつける。

ひとくち口に含んで、柳井はグラスをまじまじと見た。

「美味《おい》しいな」

淡い黄金色のシャンパンはふわりとフルーティーな香りがした。辛口で、酸味も甘みもちょうどバランスがよく、喉ごしもいい。

「へぇ、お目が高いな」

繊細な泡立ちを眺めなおした柳井に気づいたらしく、沖は微笑んだ。

「何です？」

「『ボランジェ』」

沖は部屋へと戻ると、テーブルの上に置かれた、シンプルな白いラベルのついたボトルをクーラーから引き出してみせる。

「…確か、ジェームズ・ボンドが好んで飲んでいるっていう？」

「ご名答。よく知ってるね。メニューを見て、つい嬉《うれ》しくなって頼んでしまった。こんなところで目にするなんてね。シャンパンは詳しいの？」

沖はにっこり笑ってボトルを再びクーラーへと沈めた。

「飲んだだけで、どこの銘柄かあてられるほどの通《つう》じゃありませんよ」

「そんなの、私だって無理だよ。そこまでシャンパンばかり飲んでるわけじゃないしね」

意外に気取らない男らしい。沖は再び、柳井のかたわらへと戻ってくる。

「美味しいものは好き？」

「好きですよ。皆、そうじゃないんですか？」

「『食』に興味のない人間は、とことん興味を持たないからね。私は食い意地が張ってるから、相手がそういうタイプだと少々辛《つら》い。同じようなテンションで食に興味を持ってくれる人間の方が、一緒にいて楽しいよ。逆に向こうからしても、そうじゃないかな？　自分にとってどうでもいいことに、やたらと執着されたら辛いだろう？」

そう言って沖は、テーブルの上を指した。

「軽くつまめるものも一緒に頼んだんだけど、どう？」

チーズやキャビア、生ハムなどの載ったブルスケッタと一緒に、盛り合わせたフルーツなどが運ばれてきている。

こればかりは、柳井は純粋に喜んだ。昼食を手軽に済ませただけに、よけいに魅力的だ。

「あまり夜風に当たりすぎると、身体が冷えるよ」

思わせぶりな視線を当てると、男は中へと促してくる。

「確かに、少し寒いかも」

仮に下心から部屋へ入れと言ったのだとしても、誘い方がスマートなのはいいなと柳井は応えた。いくらこちらからその下心を利用してやろうと近づいていても、あまりにギラギラとスケベ心全開だったり、ベタベタ触られたりすると虫酸《むしず》が走る。

「ねぇ、さっきの人達…」

部屋の中へと入ると、柳井はポケットに忍ばせたカプセルへと指を伸ばした。ブルスケッタへと手を伸ばす振りで、沖のグラスへとそのカプセルの中身を空ける。

「さっきの？」

「あなたの知り合いのお医者さんと議員さん、あんな風に男同士で踊ったりしたら目についたんじゃないの？　あとで困らない？」

「さぁ、仮面をつけてたからね。そんなに始終会う人達じゃないし、仮に何か言われたとしても、私じゃないとしらばっくれるだけだよ」

どうでもいい相手だし…、と沖はそこだけかなり投げやりな言い方をする。話していて楽しい御仁じゃないと言ったのは、本音なのだろう。

「それより、君がああして仮面を貸してくれたことの方が嬉しかったな」

「顔はほとんど隠れませんけどね」

「やっぱり、自覚はあったんだ？」

軽妙に返ってくる言葉に、柳井は苦笑した。

会話のテンポが心地よくて、話すのが苦痛にならない。

その分、この男の本意がどこにあるかはわからないので用心しなければならないが…、と柳井は沖がグラスに口をつけるのを見守った。

とりあえず、この一杯はどうあっても飲ませてみせると、オリーブをピックで刺して口へと運びながら、柳井は薄く笑う。

「ねぇ、どれもすごく美味しい、食べてみて」

生ハムをフォークに巻き、かいがいしい振りで沖の口許にそっとあてがう。

沖は少し思わせぶりな目つきを見せたが、おとなしく口を開いた。

「…ね？」

柳井はさりげない振りで、グラスを沖の手許へと押しやってみる。

そして、自分も進んでグラスを空け、遠慮なく皿の上の料理に手を伸ばした。

予定外にありついた料理類が一級品で嬉しい。シャンパンは掛け値なしで美味だし、首尾も上々だ。

しばらくそうしてグラスを傾けた後、柳井は細身の肩を抱いた。

「やっぱり、少し冷えたかも。海の上って、思ってたより寒いね」

沖が二杯目を半ばまで空けたのを見届けたところだった。

風呂《ふろ》を使う口実なんて、何でもいい。とにかく沖を一人にして、眠気を誘いたかった。

「ここのお風呂、素敵だったよね。温まってきていい？」

「かまわないよ」

にこやかに沖は応じる。

このあたりもがっついていず、スマートで助かる。一緒に入ろうなどと言い出されれば、若干面倒《めんどう》なことになるところだ。

「ありがとう」

柳井は軽やかに立ち上がった。

「ゆっくり浸《つ》かってきてもいい？」

よもやいきなり押し入ってくるような真似はするまいとの牽制を兼ねて、柳井は男を振り返る。

「どうぞ、ごゆっくり」

案の定、それなりに余裕を見せたいのか、沖はグラスを片手に微笑んだ。

「待っててね」

柳井はバスルームの入り口で小さく手を振ったあと、時間をかけて水の貴重な船の上ではこの上なく贅沢《ぜいたく》な設備であるジャグジーバスを楽しんだ。

そして、男が焦《じ》れて乱入してこない程度のタイミングを見計らって、風呂から出る。

湿った素肌にバスローブをまとい、部屋へと戻った。

柳井の狙い通り、沖はソファーに脚を投げ出し、肘掛けに身を預けるようにして横たわっていた。

柳井は足音を忍ばせて、そうっと男の側までゆく。

「…寝ちゃった？」

柳井はその顔を覗き込み、小声でささやいた。

「…いや」

沖は目をこすり、身を起こす。

いっそ眠り込んでくれていたなら面倒のなかったものを…、と柳井は意地の悪い猫のように目を細める。

「シャワー浴びる？　素敵なお風呂だから、ゆっくり浸かってきたら？　ちゃんと、いい子にして待ってるよ？」

あわよくば温かで心地よい風呂の中で眠り込んでもらいたいと、柳井は沖の襟許に指をすべらせる。

「…ね？」

ゆるめてあったブラックタイを指先にやんわり巻き取り、軽く引くと、男は身を起こした。

「シャワーにしておこう。可愛い人に逃げられると困るからね」

「ひどいな、ずいぶん信用がないんだ?」

内心で舌打ちしながら、柳井は抜き取ったネクタイを指先で弄《もてあそ》ぶ。

少し薬の効き目が遅いようだ。体格のいい分、効きにくいのだろうかと、バスルームに向かう沖の背中を見送る。

ならば、シャワーの後にもう一杯ぐらいシャンパンを勧めてやろうと、上着の内ポケットからさらに睡眠薬の入ったカプセルを取りだし、バスローブのポケットに忍ばせた。

溶けやすい薬だが、出来れば水よりも何か味や香りのついた飲み物の方が、混ぜ物をしたと気づかれにくい。最悪はジュースにでも溶かすかと、柳井はミニバーの下に取りつけられた小型冷蔵庫の中身を確認する。

そして、限られた時間の中で部屋の中をいくらか見まわした。

ライティングテーブルの上には、沖の私物らしきノートパソコンが置かれている。かなり高スペックなものだった。

これは利用させて頂こうかな…、と柳井はノートパソコンのキーボードに指をすべらせる。

展望ラウンジで仮装パーティーが行われている時間帯は、警察側の警備もそれなりに厳重なため、できれば船内をうろつくことは避けておきたい。

早々に部屋にしけこんで、よろしくやっていた客とでも思われていた方が楽だ…、そう思いかけたところで、男がシャワーから出てくる気配がした。

柳井はもとのテーブルに戻り、グラスを手に沖の出てくるのを待つ。

「早かったね」

声をかけながら、自分と同じようにバスローブを身につけて出てきた沖の空いたグラスに、再度薬を投入した。そのままシャンパンを注ぎ直し、笑顔で沖に勧める。

「ジュースの方がいい？」

「いや、これでいいよ」

かなり酒には強い体質なのか、グラスを半ばまで空けた沖は身をかがめ、柳井のこめかみから頬にかけ、二度ほど軽いキスを落とした。

柳井は笑ってそのキスを流し、そのままさらに口許へと移りかけたキスを、沖の首をやわらかく抱くことによって阻む。

「ベッドに行こうよ、いい思いをさせてあげる」

わざとあからさまに誘って、立ち上がった柳井は自分から腕を引いた。

ベッドに片膝を突いた時点で、ゆるやかに背後から抱きしめられる。無理のない力、やさしい拘束の程度で、やはりこの男の経験値のほどが知れる。

ガツガツしておらずソフトな、それでいて相手をうっとりとした夢見心地へ誘うような抱擁だった。

柳井はそれに応えるように沖の腕をそっと抱き、姿勢を入れ替えて向かい合うと、その首に腕をかけた。無理のない力で引き寄せると、やわらかく背中を支えられ、ベッドに横たえられる。

そっと唇を合わされそうになって、柳井は身を伸ばし、自分から男の唇の端に口づけ、続けて頬へとキスを移した。

沖の口許から、軽い笑いと溜息が洩れる。

キスの合間に男の髪に指を絡め、ゆっくりと体勢を入れ替える。

「…何？」

柳井は逆に、沖の身体に乗りかかるようにして尋ねた。

「いや…」

唇のキスをやんわり拒んだのを悟ったのだろう、沖は笑って首を横に振る。

そして、ベッドの上に横たわったまま、いくらか鈍い瞬きを繰り返した。

沖の視線が天井あたりをふっと何度かさまよう。

いい傾向…、柳井はそっと沖のバスローブの前をくつろげながら、その表情を盗み見る。

そして、自らもバスローブを脱ぎ落とし、きれいに盛り上がって引きしまった胸筋へと、くすぐるように指と唇を繊細に這《は》わせる。

その一方で首筋や腕あたりをやんわりと撫でてリラックスを促し、おだやかな夢見心地を誘った。

「目を閉じててよ、恥ずかしいよ…」

柳井ははにかみ笑いと共に身体を倒し、沖の目を手で覆った。

髪や鼻先、唇と、めりはりの利いた端整な顔立ちにかすめるようなキスを落としてゆく。

「くすぐったかったら、言ってね」

「ああ…」

答える沖の声がやや不明瞭《ふめいりょう》なものとなるのに、柳井はほくそ笑んだ。

「ねぇ、どういうプレイがお好み？　…やさしいの？　それとも、激しいの…？」

身体をぴったりと男の身体に添わせ、シーツを引き寄せて、眠気を誘うために自分の熱を重なり合った肌越しに移し込むようにしながら、柳井はそっと耳許でささやく。

沖は何か答えようとしていたが、それがうまく言葉になる前に、ゆったりとした寝息へと変わってゆく。

柳井は猫のように目を細め、しばらくその顔をじっと上から覗き込む。

数分をかけて規則正しい寝息を確認すると、やがてそろそろと身を起こした。

そっとベッドから降りるとバスローブを身につけ、隣の居間へ行って残りのシャンパンをグラスに注いだ。

沖のノートパソコンを立ち上げ、グラスを片手にエテルネルそのもののデータベースに侵入する。

これは日本警察のサーバーとは異なり、かなり簡単にアクセスできた。

柳井は船内の最上階の防犯カメラの映像をいったん録画し、それを一定時間再生を繰り返すようにシステムに細工した他、仏像前の赤外線装置を解除した。

パーティーも終わって、会場がすっかり閉ざされる深夜三時を過ぎた時間まで、男の部屋でくつろいだあと、柳井はこの部屋へ入ってきた時のようにフロックコートを身につけ、部屋を出る。

船内はもうすでにしんと寝静まっていた。この時間は一番遅くまで開いている下のフロアのカジノもすでに閉まって、客は部屋に引き上げているはずだ。

警察側の警備も厳重に鍵《かぎ》のかけられた展望ラウンジの前に警察官を三人残し、船内を定期的に巡回する形に切り替えられている。

最上階の展望ラウンジには、もうエレベーターは停まらない。そのため、柳井はすぐ下のデッキまで行き、プール脇の非常用梯子《はしご》を使って、展望ラウンジのあるデッキの裏側へと上がった。

二階部分に取りつけられた窓を一部切り取り、フロアに侵入したのは、防犯カメラの映像を繰り返し再生するようにセッティングした時間ちょうどだった。

柳井は腕の時計で、首尾を確認する。そして、防犯用の小さな仄暗《ほのぐら》いダウンライトと、それぞれの美術品を照らし出す小型ライトだけが点ったフロアを素早く駆け抜けると、仏像の前へと立った。

小型赤外線スコープを取りだし、防犯ガラス内部の赤外線システムが無事に解除されていることを確認し、会心の笑みを洩らした時だった。

柳井はふと背後に人の気配を感じ、弾《はじ》かれるように振り向いた。

そこには部屋で眠り込んでいたはずの男が立っている。

「ひどいな、部屋に私一人置いていくだなんて」

シャツにベストだけの軽装で、沖は微笑んでいた。ブラックタイのないドレスシャツの襟許は、少しワイルドにはだけている。

どうやって入り込んできたのか…、と柳井は素早く自分が侵入した二階の窓へと視線をすべらせた。

まさか、すぐ後ろからついてきたわけではあるまい。周囲の気配には十分注意して上がってきたはずだ。

他に入り込める経路といえば、あの厳重に鍵がかけられ、表にはこの深夜にも警官が三名ほど配置されている両開きの扉ぐらいのものだが…。

そこまで考え、柳井は目の前の男へと視線を戻す。

この男は相当の手練《てだ》れだ。

最初に女装を見破られたことといい、今日もすぐ背後に音もなく立っていたことといい…、ぞわりと首筋のあたりが寒くなる。

「…寂しくて、追いかけてきたの？」

にっこり笑った柳井は、腰に忍ばせたスタンガンへとそろそろと手を伸ばしかける。

それを見抜いたわけでもないだろうが、男はやにわに腕を伸ばすと、柳井のその手を難なく捕らえてしまう。たわいない動作なのに、抵抗しようにも身動き一つ出来なくて、柳井は歯噛《はが》みした。

声を上げかけた口許を、とっさに手袋をはめた手で覆われる。

「しー…っ、騒がないで」

予想以上の強い力で柳井を後ろ手に抑え込み、沖は命じる。

確かにここで騒ぐのは利口ではないのだろうが…、と柳井は沖を睨む。

「ねぇ、可愛《かわい》い泥棒さん」

男は背後から耳許にあの魅惑的な声でささやいてくる。

男女の性差を超えて直接に官能を撫で上げられるような、理性よりも先に勝手に身体の方が反応する独特の声だ。

特にこんな至近距離でささやかれると、首筋から腰のあたりにかけてゾクリと甘い痺《しび》れが走る。

そんな自分が許せなくて、柳井はその声を必要以上に聞くまいと顔を背けた。

「もし、君が望むなら、君からのキスでこの弥勒菩薩を譲ってもいいよ」

「…あなたは誰？」

わずかに浮かされた手の間から、柳井はさっきまでとは種類の異なる低めの声を発した。

「さっき、名刺を渡したでしょう？」

「あの青山の整形外科医？」

まさか…、と鼻先で笑う柳井の腕は、まだ後ろ手に強く拘束されたままだ。

「正しくは形成美容外科だよ。形成外科っていうのは、ちゃんと第一次世界大戦の頃に確立された、医療技術の一つでね。醜状変形を機能的、解剖学的に正常なものへと外科手術を施すんだ」

「醜状変形？」

「そう、見た目ばかりでなく、醜形や肉体的欠損の修復によって、患者さんが深く心に負った傷も共に修復してゆく大事な技術だ。…でも、いかんせん、日本では形成外科だけだと儲からないんだよね」

困ったもんだ、などと沖は他人事《ひとごと》のように笑っている。

「儲からないって、下世話な話」

「でも、お金は大事でしょう？」

「俗物っぽいな」

鼻で笑ってやっても、男は動じない。

「色々と手厳しい子猫ちゃんだねぇ。労働は善なりだよ。そういうピュアさも、嫌いじゃないけど」

柳井は身体をひねり、背後の男を上目遣いに見る。

「僕のキス一つに、この弥勒菩薩像分の価値があるのかな？」

適正価格だとしても、四億円と言われているシロモノだ。そんな駆け引きが、到底成り立つとは思えない。

「悪い取引じゃないでしょう？　ちゃんと船外まで運び出すところまで請け負《う》うよ？　君は弥勒菩薩像を手に入れる。私は可愛い泥棒さんから、キスを一つもらう」

「僕がキスの代償にこの弥勒菩薩をもらえる保証なんて、どこにあるんです？　少し知恵がある人間なら、いいように騙《だま》されて終わって当たり前だと考えますけど」

「保証とまで言われると困るんだけど…、あとは君と私との信用問題」

沖は柳井がそれ以上は暴れないと踏んだのか、捕らえていた腕を解放すると、ドレスシャツの袖をまくり上げた。

きれいに筋肉が乗り、引きしまった腕だ。指も長く、見た目にも美しいと、柳井も内心では認める。得体の知れない駆け引きはとにかく、魅力的なことは間違いのない男だ。

沖は腰の後ろに装着した工具用ホルダーから、ゲル状の小型爆発薬を取り出すと、何の迷いもない手際で、防犯ガラスと枠の接合箇所にそのゲル状の薬を設置した。さらにはホルダーから取りだした吸盤型の専用工具を三つほど用いて、ほとんど破裂音もなく防犯ガラスの縁を破壊する。

そして、あっという間に易々《やすやす》と厚手の防犯ガラスを取り外した。

流れるようなその手際のよさに、柳井は目を見張る。

「ねぇ、もしかして『十三代目左衛門之丞』って…」

柳井が睨むのにも、沖は意味ありげに笑うばかりだ。この首尾、この落ち着き払って物馴れた様子、どう見てもプロの仕事だとしか思えない。

「よけいな真似をして、手間を増やしてくれましたね？」

まがりなりにもその『十三代目左衛門之丞』というのが本当だとして、どうして妙な犯罪予告などを入れて、ここまで警察に厳重な警戒態勢を取らせたのだと柳井は腹を立てる。

あの予告があったばかりに、必要以上に警備が強化されてしまった。正直、ここまでの警備は柳井には計算外だった。

「香港で武装強盗団がこの像を狙ったばかりだよ、予告がなくてもしばらくは厳重な警備だったはずだ。東京の前の寄港地は上海、天津だったし、室蘭《むろらん》の次の寄港先はウラジオストックだ。どこも香港と似たり寄ったりの、凶悪な武装強盗団やマフィアがいるような場所だからね」

沖は柳井がすでに赤外線装置を解除したことを知っているのだろう。ためらうことなく展示棚の中へと身を乗り入れた。さらによどみない手つきで台座部分を動かないように固定し、素早くテーピングしてゆく。

なるほど、形成外科医だというのも納得出来るほどの器用な手先の動きだった。

一瞬、柳井はその手の動きに見とれかけ、そんな自分の迂闊《うかつ》さに舌打ちしたいような思いになる。

さっきから自分は、この油断ならない男に必要以上の関心を持ちすぎている。相手が誰であれ、個人に対する関心や興味など、柳井にとっては一文の得にもならない。

柳井は大きくひと息つくと、平静を取り戻そうとした。

ドイツのM社の装置は重量に反応するが、こうして台座を固定してしまうと重量測定がうまく作用しなくなる。

この男は、もちろんそのこともちゃんと見越しているらしい。

手口は柳井の考えていたものと同じだが、手の動きのスピードと正確さに関してはまるで職人技だ。柳井は自分を不器用だと思ったことは一度もないが、この男には到底かなわない。

「ここで警備が日本警察に代わったのは、むしろラッキーなぐらいじゃないの？　日本の警察はスイスの警備会社の連中とは違って、不審者だからといってすぐには発砲してこない。だろう？」

沖はのうのうと言ってのける。

「発砲されるような真似はしたことないので、よくわかりませんね」

男の手際に感心して見入っていた自分が許せなくて、柳井は憎まれ口をたたく。

「それにあれは警察やル・ソレアル社へというよりも、むしろ君への予告というか、牽制を兼ねた警告のつもりだったんだけど…。もしかして、気づいてもらえてなかったのかな？」

「…僕に？」

弥勒菩薩像をそうっと慎重に持ち上げ、外へと引き出しながら沖は横顔で笑った。

「ここ最近、一匹狼《おおかみ》な泥棒に色々と縄張りをひっかきまわされていてね。どうも趣味が合うとは思っていたけど、まさかそれがこんな可愛い泥棒さんだとは思わなかったな」

手伝って、と促され、柳井はしぶしぶ手を貸す。

だが、一度すぐ側で本物を見てしまえば、この仏像はたまらなく魅力的だった。

正面からばかりでなく、どの角度から見ても完璧な造形であることがわかる。

二千年近い時を超えても、この仏像を作った彫り師の技術と才能、そして像へと込められたひたむきな思いが伝わってくる。

柳井はしばらくは言葉もなく、腕の中に収まった美に酔いしれる。

クロードによって無惨に削り取られてしまった本来の白毫には、おそらくその彫り師の祈念や深い信仰が込められていたのだろう。

考えなしな男による、無惨な加工がつくづく悔やまれる。よくこんな真似ができたものだ。安直な思いつきは、芸術の作り手とその信仰に対する冒瀆に他ならない。

「洲八《すわ》ホールに置かれていた、グスタフ・ベッカー社のヴィエナクロックを狙ったのは君？」

沖の問いに、柳井は唇の端をわずかに上げるにとどめる。

「野村差三郎《のむらさざぶろう》画伯の伯爵夫人図も君だよね？」

慎重に像を床へとおろしながら、柳井はそれにも答えない。

だが、否定はしなかった。

麗人画として知られたモデルの伯爵夫人は、若き日の柳井の曾祖母《そう》だ。細面の気品あるその容貌は、どこか柳井に似ているところがある。過去に柳井家の借金の形に、高利貸しに巻き上げられてしまった資産の一つだった。

「僕の女装を見破ったのは、あなたが初めてだけど」

「女性にしては少し背が高かった。あとは、骨格かな。骨格は仕事柄、よく見てるからね。でも、十分に美人だったよ」

「おおきなお世話ですよ。それに僕が美しいことも、十分に承知ですしね」

傲然《ごうぜん》と言い放つ柳井にも、沖はウィンクを一つ投げてきた。

「でも、やっぱりその格好の方がよく似合っているのは本当。どこの御曹司かと思ったよ。そんなフロックコートを花婿にもホストにも見えることなく、優雅に着こなすのは難しいからね」

「ホストなんかと一緒にするのは、やめてもらえませんか。心外です」

柳井は腕組みをしてむっつりと言い返す。

自分の美しさを、品のないホスト基準などで計られるのはごめんだ。引き合いに出されるだけでも、腹立たしい。

その間も沖は仕事道具の入っている腰のホルダーから布を取りだして丁寧に石像を梱包《こんぽう》し、同じように折りたたんであった帆布バッグの中に素早くしまい入れた。

「さぁ、行くよ」

沖は柳井を促す。

とっさにどこから脱出したものかと迷う柳井の腕をつかみ、沖はそのまま正面の扉から外へと出た。

驚いたことに警備についていた三人の警察官が、一人は壁に凭れ、二人は床に座り込むようにして眠り込んでいる。

「…薬？」

「睡眠ガス。大丈夫、身体に異常の出ない範囲だから。でも、そろそろ気づくはず」

小声で早口に言い捨てると、沖はバッグを抱えてエレベーターの降下ボタンを押す。

柳井は目を見張った。

この時間はこのフロアに止まらないように設定してあるはずだが、どうやら大胆にもそれを解除してきたらしい。

上がってきたエレベーターに沖は柳井の腕を引いて素早く乗り込み、自分が部屋を取ったペントハウスデッキのボタンを押した。

エレベーターの中で、柳井は何度も階数表示を確かめた。二人でこうして部屋に戻る時間は、一人で作業する時以上に時間が長く感じられる。

この男の真意、さらには首尾や段取りが、まったく読めないせいだろう。

自分はこの男に陥れられようとしているのではないだろうか。

倒れていた警察官が意識を取り戻すのはいつなのか…、モニターなどをチェックしている警察サイドだって、まったくの馬鹿《ばか》ではないだろう。

柳井はあの職人めいた年配の刑事の顔を思い浮かべる。

たとえば、あの三人の警察官が定期的に警備の責任者に連絡を入れる予定だったなら…、あるいは逆に責任者サイドが連絡を入れてくることがあれば…。

「落ち着かない？」

のんびりした口調で、沖が尋ねてくる。

ちょうどエレベーターが、ペントハウスデッキに到着してドアが開く。

乗り込む時には柳井に先に乗るように促した沖だったが、今は周囲を警戒するためか、先に立って出る。

そして、素早く周囲に視線を配った。

「降りて」

促され、柳井は無人になっているバトラー用のカウンター前を、沖に続いて足早に通った。

沖はまるでそこに鍵が存在しないかのようなスピードで部屋の扉を開けると、さらに抜かりなく廊下に視線を配って、柳井を中へと促す。

部屋に戻ってみると、そこにはどこから調達してきたのか、さっきはなかった配膳《はいぜん》用のカートがあった。

沖は帆布製のバッグから、さっきの白布で覆った仏像を慎重に取り出す。そして、カート内に隠し込むと、上からさらに白い配膳用の布をかけた。続いて、最初に注文したシャンパンのボトルを入れたシャンパンクーラーとグラスとを、そのカートの上に置いた。

さっきはずいぶん気前のいい、ある意味キザな男だと思っていたが、端《はな》からシャンパンやおつまみの注文はカムフラージュ用のものだったのだろう。

あやうくジェームズ・ボンドの愛飲するシャンパンなどに、雰囲気負けするところだった。

しかし、本来ならかなり強力な睡眠薬を仕込んだのに…、と柳井は内心首をひねる。

間違いなく柳井は沖のグラスに睡眠薬を仕込んで、それを飲み干すのをこの目で確かめた。

だが、睡眠ガスをかなり手際よく扱うほどの男だ。薬を盛られる事をあらかじめ見越して、何かそれに対抗する手段を持っていたのかも知れない。

それがまた、得体が知れなくて怖い。

普通は自分に薬を盛ってくるような相手に、キス一つで仏像を譲るなどとは持ちかけるまい。

ならば、その本心はどこにある…？

柳井はそっと半歩ほど下がり、男とわずかながらに距離を置いた。

「さて、一応、ここまでは君に忠実に仕事をしたつもりだけど…」

まくり上げていた袖をおろしながら、沖は腕組みしたままの柳井に向き直る。

「そんなに警戒心丸出しにされると、私も困るんだけどな…。一応、ちゃんと勤務先の名刺も渡したよ」

「名刺なんていくらでも好きに作れるでしょう？」

「どうやったら信じてもらえるのかな？」

ここへきて初めて、沖は困ったように目を細めた。余裕たっぷりにからかってくるのは鼻に付くが、困ったような笑みは嫌いではない。

残念ながら…、と柳井は目を伏せる。

「念のため、ここからの脱出経路を聞いておいてもいい？」

柳井は自分から沖の方へと踏み出しながら尋ねた。

「このカートで、明け方六時頃に配膳室まで行く。配膳室からは大型カートに載せ替えて、厨房《ちゅうぼう》のバックヤードへと潜り込む。そこからはさらに業務用の小型コンテナに載せ替えて、朝の九時には他の小型コンテナと共に船外へと積み出し予定だ。私はその時間には何食わぬ顔でチェックアウトするが、積み出されたコンテナは都内の業者が回収に来るから、その荷物を途中で別の小型コンテナと入れ替える」

「誰か仲間が？」

「いや、君と一緒で、私も一人で動いていてね」

これはどこまで信用したものかと、腕組みを解かないままに柳井は考える。

ところで…、と沖は首をかしげた。

「そろそろ君の名前を教えてもらえない？」

「どうぞ、お好きに呼んで下さい」

「好きに？　本当の名前を教える気はないっていうこと？」

柳井は悪びれもせずに、にっこりと微笑んだ。

「薔薇《ばら》はたとえどんな名前で呼ばれても、甘く香るものだそうですよ」

柳井の返事に沖は声を上げて笑う。

手をたたき、あまりに楽しそうにいつまでも笑うので、柳井は眉をひそめた。度を過ぎた笑いは、不愉快なだけだ。

「…ちょっと失礼じゃないですか？」

「いや、いいキャラしてるなと思って。本当にクセになりそうだよ」

まだ笑いの残った男は、やたらと嬉しそうだ。

「別に僕はあなたと馴れ合うつもりはありませんから、これきりにしていただいてけっこうですよ」

「つれないことを言うなぁ」

沖はアームつきの一人掛けの椅子《いす》に腰を下ろす。

「でも、キャベツだなんて呼んだら、きっと気を悪くするよね？」

「…気を悪くする以前の問題です。僕がキャベツなら、あなたはせいぜいカボチャかジャガイモがいいところだ」

腕組みをしてむっとしたまま言い放つ柳井に、沖は腕を伸ばしてくる。

「じゃあ、なんて呼ぼうね？　泥棒さん」

「泥棒はあなたも一緒でしょう？」

柳井はゆっくりと男の方へと足を進め、その膝の上に乗り上げる。

そして、そっと唇を撫でた。

笑いすぎは気に入らないが、この引きしまった唇の形は悪くない。この唇があの魅力的な声を紡ぐのかと思うと、コレクションしておきたいぐらいだ。

秀でた額も、バランスのいい顔立ちも、飾っておきたいぐらいに造作がいい。

けして、嫌いではないけれど…。むしろ、ずいぶん魅力的で心引かれるけれど…。

「…何？」

「キスをお望みなんでしょう？」

尋ねると、やわらかく腰を引き寄せられる。

「さっきはキスもしてくれなかったよね」

「あなたがどんな人か、よくわからないから…」

軽く責められ、ささやき混じりに唇を合わせる。

「最初から、ちゃんと自己紹介したのに？」

「十三代目っていうのは？」

「文字通りだよ。一子相伝の十三代目」

「左衛門之丞は一子相伝？」

「そう、技術と名前を継承するのは一人だけ。私がその十三代目」

信じる？…、と沖は笑っている。

「面白い人…」

柳井はまたやわらかく唇を合わせ、今度は薄く開いた男の唇の間に、舌先を滑り込ませた。

濡《ぬ》れた舌先同士が触れあった時、甘い痺れと同時にふわりと身体が浮くような気がして、柳井は身体を一瞬震わせる。

「…何？」

至近距離で目を合わせ、沖は低く尋ねた。

「あなたは僕にとって、少し危ない人だと思う…」

柳井は今度は自分から進んでゆっくりと目を伏せ、舌先を絡み合わせて吸う。

ゾクゾクするような痺れが背中から腰へと走って、柳井は背筋を震わせた。

「危ない？」

「そう…」

柳井は沖の頭を抱き、なおも熱心に唇を合わせる。

「あなたを嫌いじゃないけれど…」

この男にキスするのは、嫌いじゃない。

でも、これ以上溺《おぼ》れるのは危険な気がすると、これまでにないひたむきさで沖と熱心に唇を合わせていた柳井は、ゆっくりと右手を沖の頬から自分の腰へと移す。

そして、腰の後ろに隠したスタンガンに手をかけた。

今度こそ…、そう思った瞬間、首筋のあたりにちくりとした痛みを感じた。

何をされたのかと目を見張る中、目の前の男の顔がすうっと遠のいてゆく。

「ぁ…、な…に？」

首筋から髪にかけてを、指の長い大きな手が何度もやさしくなだめるように撫でるのが、どんどん薄らいでゆく意識の中でもそれとわかった。

「…ごめんね」

あの低くやさしい声だけが、最後に意識に溶け込むように届いた。

Ⅲ

柳井が意識を取り戻したのは、揺れる車の中だった。

しかも、ずいぶん安っぽい内装の…と思いかけたところで、柳井ははっと身体を起こす。

乗せられているのは中型トラックだろう。普通のセダンよりも少し車高が高く、視界が広い。

反射的に振り返った運転席には、上下つなぎの制服に制帽をかぶった沖がいた。

見た目はかなり派手で目立つ男だが、こうして冴えない色味の制服で帽子を目深にかぶっていると、すぐにはわからない。

「気分はどう？　目眩《めまい》とかはない？」

黄昏《たそがれ》に近い街を走りながら、沖は横目に尋ねてくる。

ここはどこで、今がいつなのか…、柳井は見慣れぬ夕暮れ時の街並みに眉を寄せた。

「別の意味で目眩がしますね」

柳井は尖《とが》った声を出すと、とっさに時計を探す。

そして、自分の両腕が後ろで拘束されていることに気づいた。

「これって、ずいぶんな仕打ちじゃありませんか？」

「君こそ、蜂《はち》みたいに危険なものを隠し持ってたよね？」

「身に危険を感じたので！」

柳井の目一杯の嫌味にも動じたふうもなく、沖は悠々とハンドルを切る。ハイソな男に見えたが、中型トラックの運転もかなり堂に入ったものだ。

「こんなトラックの運転までって、一子相伝の泥棒さんとやらって、本当に多芸なんですね」

続く嫌味にも、沖は心底楽しげに応じる。

「芸は身を助けるって言うからね。牽引《けんいん》二種と大型二種の免許も持ってる」

「牽引二種？」

「うん、トレーラーの運転とかにね。あると便利でしょ？」

楽しげな沖の声に、柳井はこれ見よがしな派手な溜息をついてやる。

「あまり無粋なものには理解がないんです」

「熟練者が後方バックで、見上げるような大型トレーラーの車庫入れを一発で決めるところは、本当に無駄がなくて美しいのに。そうは思わない？」

「全然、興味がありません。それより…」

柳井は身を捩《よじ》り、後ろに拘束された両手首を沖の方へと突き出す。

「これを外してもらえませんか？　痛むんですけど！　僕に縄をかけたのなんて、生まれてこの方、あなた一人ですよ！」

「へえ、そいつは光栄」

図々《ずうずう》しく言ってのけた男は、それにしても…、とさらにつけ加えた。

「ずいぶん、活《い》きがいいなぁ。長い事眠ってたから、当たり前か」

「眠らされてたんです。不可抗力ですから！」

ギャンギャン声を荒げることなど美学に反するが、苛立《いらだ》ちのあまり柳井は男に噛みつく。

「そうだ、一応、君の部屋もチェックアウトさせてもらったよ」

「…っ！」

顔を赤らめかけた柳井は、半ば破れかぶれで言い捨てる。

「どうぞ、お好きに！」

システムに潜り込んで、最上階まで行かないように制御されているエレベーターを動かすぐらいの男だ。チェックアウトも、さっさとシステム上ですませたのだろう。

ふざけているのかと思った一子相伝などという話も、あながち嘘とも思えなくなってきた。

おそらく、この男のスキルは柳井よりもはるかに上だ。『十三代目左衛門之丞』というのは、君にあてての犯罪予告や牽制のつもりだったなどと言われたが、それも単なる言葉遊びばかりではないような気がする。

そこまで考えて、柳井は一瞬、寒気を覚えた。

「…このまま、どこへ行くんです？」

後ろ手に縛られ、車に放り込まれている状態だ。コンクリート詰めにして海に沈められたり、バラされて山に埋められたりするのはごめんだ。

「私の部屋まで。その後、報酬をいただいたら、君を弥勒菩薩像と共に家まで送り届けるっていうのはどう？」

どこまで信用するかはともかく、すぐには命を奪うという気もなさそうだとほっとする一方で、沖の言い分に少し腹が立った。

「報酬ってなんです？　キス一つっていう話じゃありませんでしたか？」

「危うく、スタンガンでキスも台無しにされるところだったからね」

ああいえばこうと、物腰がスマートなようでいて、意外なまでに言葉巧みに言い返してくる。一筋縄ではいかない男だ。

これまで柳井が舌先三寸の甘言で転がしてきた連中とは、わけが違う。

柳井はじりじりとした。

落ち着かない。ひどく落ち着かない気分だった。

やがて沖はある食品会社の流通センターの一角へとトラックを乗り入れると、その端に停めてあったランドクルーザーへと荷物を積み替えた。

すべてをチェックしたわけではないので詳細はわからないが、沖が途中で説明していた弥勒菩薩像の運び出し経路というのは、あながち嘘でもないようだ。

意識のない柳井も、同じようにバックヤード裏あたりから運び出されたのか。弥勒菩薩像の盗難がばれ、警察が騒然となったのはいつかは知らないが、手口としては見事なものだった。

それにしても…、と柳井は沖が荷物を載せ替える様子をフェンダーミラーで眺めながら、付近の様子を窺《うかが》う。

沖の運転してきた中型トラックが小さく見えるほどの、大型冷凍車やトラックが何十台も停まっている広い駐車場の一角だ。

おそらく、多少、柳井が助けを求めて声を上げたところで、誰も気に留めそうにもない。むしろ、声を上げたことすら気づいてもらえそうもない場所だった。

沖は荷物の載せ替えついでに、作業用のつなぎをニットシャツとデニムに着替えたらしい。さっさと助手席へとまわりこんでくる。

ドアを外側から開けられ、いよいよここまでかと柳井は目をつぶる。

「可愛い泥棒さん」

少し笑みを含んだ、それでいてどこか困ったような声が呼びかけてくる。

「痛い目にあわせるつもりはないよ。だから、一緒に来て。ちゃんと最後には部屋まで送るって言っただろう？」

「…信じられない」

声にならない柳井のかすかの呟きに、沖は子供をあやすような笑い方を見せる。

「手荒な真似はしない。約束するよ」

どうやったところで腕も拘束されているし、こんな人目にもつかない場所だ。抵抗しても、この男には技術的に負けているし、体力負けもすると、柳井は観念して身を起こした。

沖は柳井の腕を引くと、隣のランドクルーザーの助手席へと乗せた。手首の拘束帯は解いてくれなかったが、約束通り、手荒にするつもりはないようだ。

「君の荷物なら、心配ないよ。君の部屋にあった私物はすべて引き上げてきたから」

むろん、チェックアウトしたと言うぐらいなら、柳井の取っていた部屋がどのフロアにあるかぐらいはすでにわかっていただろう。沖の取っていた部屋に比べればはるかに見劣りする、一番下のランクの窓もない部屋だ。

それを見られたのかと思うと、うっすらと頬が赤らむ。無性に気恥ずかしい。柳井はそんな顔を見られるまいと唇を嚙み、返事もせずにそっぽを向いた。

やがて流通センターを出たランドクルーザーは、街中へと戻った。どこへ連れてゆかれるのかという柳井の懸念をよそに、見るからにハイクラスのマンションの地下駐車場へと入ってゆく。

駐車場に並ぶのは、ずいぶんな高級車ばかりだ。

微妙にコンプレックスを刺激され、柳井はずっと黙り込んでいた。

「降りて」

車を停めると、沖は再びまわりこんできて助手席のドアを開けた。

後ろのトランクにある弥勒菩薩像や、引き上げてきたという柳井の荷物を一緒に降ろそうという気はないらしい。

後ろで拘束した手首に、柳井の着ていた上着を掛けられる。

駐車場からそのまま上へゆくエレベーターの中へと乗せられながら、柳井は低く吐き捨てた。

「人が乗ってきたら、騒ぎますよ？」

「私は平気だよ、それなりの信用もあるしね。君が平気なら、ぜひ騒いでほしいな」

平然と言い返され、みっともない真似の嫌いな柳井はむっと口をつぐむ。

おそらく声を上げずとも、暴れればエレベーター内の監視カメラに映るのだろうが、それもまたプライドが許さなかった。

しかし、いくら平静を装ってみても、プライドと恐怖との間で心臓は躍り続けている。

扉が開くと、沖は柳井の腕を取った。

「将宗君、ついたよ」

開いたドアの前で、柳井はまじまじと男の顔を見つめ返してしまう。

「どうして名前まで知ってるかって？　柳井将宗君」

自分は何か身分証明になるような物を身につけていただろうかと、柳井は忙しく頭を巡らせる。

いくらなんでも、そんな容易に身許のわかるようなミスを犯すはずはない。

「泥棒が盗み出すのは、お宝ばかりじゃないだろう？」

沖は柳井をエレベーターから連れ出し、背中を押して廊下を歩かせる。

「元柳井伯爵家直系のご令息だよね？　世が世なら、私は君と口を利くのもかなわなかったかも知れないな」

「あなたのお医者様だという立場が本当なら、今はあなたの方が社会的に信用ある立場じゃないですか？」

取りだした鍵で部屋のドアを開け、沖はさらに柳井の背中を押し、中へと促した。

「君は大学の西洋美術史の講師なんだっけ？」

「三流大学の非常勤講師だって、はっきり言ったらどうです？　あと、今受け持っているのは西洋美術史ですが、東洋美術史もちゃんと教えられます」

「博識だね。頭のいい子は好きだよ。前は国立博物館の学芸員だったんだよね？」

確かに歳は十歳ぐらい離れているのかもしれないが、子供扱いされるような歳でもない。

「あなたの好きは、ずいぶん軽い」

かつて博物館の学芸員だった過去についてはコメントせず、柳井は白大理石の張られた三和土《たたき》へと足を踏み入れる。

「じゃあ、あまり軽々しく君を好きだとは口にはしない方がいいのかな。そうしたら、少しは信用してもらえる？」

ああいえばこうと口の減らない男に、柳井はむぅ…、と口をつぐんで黙り込んだ。

その柳井の後ろへとまわりこみ、沖は手首に巻きつけていた拘束帯を外してくれる。

それが少し意外で、柳井は背後の男を思わず見上げてしまう。

「痺れた？　手荒な真似をしてごめんね」

沖はゆっくりと痺れた手の甲から指先にかけてを、丁寧にさすってくれる。

こうして折々にやさしく紳士的だったりするから、この男は憎めないのだと柳井は困惑した。

さっきも目覚めた時に一番最初に聞かれたのは、気分はどうか、目眩はないかというものだった。

だから、この男の存在に恐怖を感じていながらも、こうして部屋に連れ込まれても、自分はどこかで安心している。

「喉が渇いたんじゃないかな？　お茶でいい？　それとも何か…、他にはオレンジジュースと牛乳ぐらいしかないんだけどな。コーヒーはあとでいいよね？」

広いキッチンで冷蔵庫を覗きこみながら、沖は呟く。

「じゃあ、ジュースで」

立派なエスプレッソマシンがあるところを見ると、コーヒーはあとでというのも、単なるリップサービスでもなさそうだった。

あの形成美容外科医という肩書きが嘘でなければ、多分、この男はまだ一度も自分に嘘はついていないのだろう。

柳井が口にしたのは、嘘ばかりだが…。

だからといって、この男が褒賞さえ受け取れば、弥勒菩薩像と共に柳井を家まで送り届けるという提案が本当であるという保証は、どこにもないが…。

柳井は広いリビングへと足を進め、室内を見まわす。

あまり生活臭のない、シンプルモダンでまとめた部屋だが、落ち着いた雰囲気は悪くない。

柳井自身はもう少し装飾の多いクラシックな雰囲気の方が好きだが、それは単なる好みの問題だ。

あまりにモダン過ぎる部屋は、どこか味気なく思えるというだけだ。

「どうぞ」

勝手にソファーに座っていると、沖がグラスを運んでくる。

大きめのグラスにたっぷりと注がれたジュースを取ると、まだ痺れの残った指先が目に見えて震えた。

「悪い、まだ痺れが残ってるね」

本当に申し訳なさそうな声を出し、沖はかたわらへと腰を下ろした。

柳井の手にあの優雅な動きを見せる手を添え、グラスを口に運ぶのをそっと手伝ってくれる。介添えはずいぶん丁寧で、ジュースは一滴もこぼれることもなく、グラスをあてがわれるペースもちょうどいい。

喉の渇きもあって、オレンジジュースはずいぶん美味しく思えた。柳井はそのほとんどを一気に飲み干す。

「…あなたを少しぐらいは信用してもいいけど、どうしてここまで僕に構いつけるんです？　まさか、旧華族だった家の人間が珍しいっていうわけでもないでしょう？　昔で言うなら、単なる没落貴族ですから」

うっかりとすると、つい気を許しそうになると、柳井はぷいと顔を背ける。

「可愛い泥棒さんに一目惚《ぼ》れしたんだ」

沖があまりに楽しそうにいけしゃあしゃあと答えるので、一瞬、柳井は絶句した。

「…女装がお好みなんですか？」

「違うよ、可愛い君が綺麗に女性に化けて、まわりを手玉に取っていた様子がなんとも楽しいんじゃないか」

柳井が言うのもなんだが、かなり屈折しているように思う。

ひと言で言えば、好みが一筋縄ではないのか。

「変わった趣味をお持ちですね」

「プライドが高いのも素敵だよね」

魅惑的な声で、素敵だの、可愛いだのと、安易にささやく男が忌々しくて、柳井はツンと顎《あご》を反らしてみせる。

「マゾの気質でもおありなんですか？」

「そういう下世話な言葉は、君には似合わないな」

グラスを取り上げた男は、柳井の髪をそっと撫でながら唇を重ねてきた。

さっきとは違って、すぐに舌先が絡めとられる。

甘みの残った舌にぬめるように巧みに絡みついてくるキスに、意識がふっとさらわれる。

まるで巧みな魔法でも使われたようだ。

「昨日の晩のシャンパンの香りのするキスもいいけど…」

キスの合間に、沖はささやく。

「オレンジの香りのキスも、悪くないよね」

合間に唇を啄《ついば》まれ、気がつくと自分から熱心に舌先を絡めていた。

男の巧みな指先は顎から首筋をくすぐり、気づくと柳井のアスコットタイまで取り去っている。

「落とすといけないから、君の黒真珠のタイピンは荷物の中に戻しておいたよ」

どこまで信用出来るのかはわからない。それでも、この沖の言葉は本当なのだと、キスに溺れる中、柳井は思った。

「あれはずいぶん、いい品だね。…アンティークの」

「あれは祖父の形見…」

大事な…、呟きの続きをまた深いキスでさらわれる。

ベストのボタンを外され、シャツの合間から素肌を直接に触れられたが、抗議にもならない小さな呻きが唇から洩れただけだった。

敏感なわき腹から胸許をゆっくりとまさぐられて、理性が形のないもののように溶けてゆく。

「…ん」

ソファーに倒れこむようにくずおれたところを、ふいに抱き上げられる。柳井はとっさに、別の抗議の意味合いを込めて目を見開いた。

「…何？」

「君との『最初』は大事にしたいからね」

抱き上げられ、隣の寝室のベッドの上へと運ばれる。

行為を中断されることを咎めかけたのが恥ずかしくて、柳井はうっすら染まった顔を手で隠す。

「…大事も何も、…こういうふうに無理に関係するのはどうなんです？」

そうっとシーツの上に降ろされたことを考えても、自分が丁寧に扱われているのはわかる。

それでも自分が好んで簡単に身体を開いたと思われるのは、プライドが許さない。

「無理矢理《むりやり》かな？　少なくとも、私は君を気に入ってるんだけど。君もそんなに私を嫌ってないように思う」

「…自惚《うぬぼ》れすぎじゃないですか？」

どこまでも素直でない柳井の憎まれ口に、沖は苦笑した。

「そう？　むしろ、控えめな表現かと思ってた」

「憎たらしい人だな…」

まだ強がりを口にする唇を塞《ふさ》がれる。報酬はキスだけという話ではなかったかという思いも、長い指の先でシャツの前を開かれると容易にかき消えた。

もっと先を知りたい。この続きをしたい。この謎めいた男を深く知ってみたい…、柳井は熱を帯びた目で男を見上げる。

なめらかな素肌を直接に撫で、鎖骨から胸許へと丹念に唇を這わされる。

「ん…」

やんわり乳暈《にゅううん》ごと唇で覆われると、思わず声が洩れた。

思いもせず、けなげに尖って形を変えた乳頭を熱い舌先で吸われた。そのまま舐め転がされると、身体の中心に熱が点り、熱っぽい息がこぼれる。

「可愛いね」

ぞっとするほどに魅惑的な声が耳に滑り込んできて、勝手に身体が跳ねた。

「…んっ」

今のささやき一つで、ドロリと身体の奥が溶けたような気がする。とっさに胸許に舌を這わせる男の髪をつかんだが、力は入らなかった。

「…あ…、ぁ…」

固く尖った乳頭を舌先で抉《くじ》られるたび、どう取り繕っても取り繕えない甘ったるい声がこぼれる。もう片方の乳首を緩急をつけてやわらかく弄ばれると、勝手に膝が開いて覆いかぶさった男の身体を迎え入れてしまう。

誰かに肌を撫で回されて楽しい、あるいは気持ちいいと思ったことなど、これまでほとんどなかった。むしろ、どこかで嫌悪感すらあったのに…、と柳井は自分を組みしだいた男を見上げる。

見た目は紳士風の沖の身体は、考えていた以上にがっしりしていて、いったん膝を開かされてしまうと逃れようがない重みと逞《たくま》しさがある。

スラックスの前立てが開かれ、下着越しに握りしめられた時には、自分でもすでにそこが固く形を変えているのがわかった。

しかも先端から透明な雫《しずく》が溢れ、下着をしっとりとはしたなく湿らせてしまっている。

だが、大きな手の中に包み込まれることが気持ちよくて、抗議の声も出てこない。

やんわりと愛撫《あいぶ》されると、それだけで息が弾んだ。

「…んぅ…」

恥ずかしいほどに濡れていることは十分にわかっているだろうに、こういう時に限って何もからかわれないことが逆に恥ずかしい。

柳井は懸命に片手で目の上を覆って、今の上気した顔を見られまいとした。

下着の中にするりと滑り込んだ指に、直接握りしめられる。濡れた音を立てて、男の手の中で何度も上下に猥《みだ》りがわしくしごかれる。あの綺麗な長い指の中で愛撫されているのかと思うと、ゾクゾクと背筋が震えた。

「はっ…、っ…」

その一方で、羞恥《しゅうち》に胸許までピンクに染まる。

柳井は熱っぽく上がる息を、懸命にこらえようとした。

ベッドを共にした相手に、こんなに一方的に翻弄《ほんろう》されたことなど、一度もない。

相手のいいように身を任せ、我を忘れて溺れたことなど一度もなかったのに、今はこのまま弄ばれて流されてしまいたかった。

「…あ…、ぁ…」

こらえきれなくなって、柳井は自分からもどかしく腰を揺すりながら下肢に手を伸ばし、自分を捕らえている男の手に指をかける。

「どうしてそんな可愛い真似をするの?」

「…その声…っ」

柳井は歯を食いしばる。

「私の声?」

「その声、やめて…っ、おかしくなるから…っ」

柳井は顔を覆っていた手で、上にのしかかった男の肩を打った。

流されそうになるのは、この耳に心地よいバリトンのせいもあるだろう。

「嫌い?」

自分の声の魅力を十分に承知しているような甘さを含ませ、沖は尋ねてくる。

「…っ…！」

答える暇もなく勝手に背筋が大きく震え、沖の手の中に包まれた下肢が跳ねる。

「…ぁ…、っ…！」

柳井は細い顎を跳ね上げ、唇を噛む。

柳井の反応に、どこか満足したような笑いが耳のすぐかたわらに聞こえた。

羞恥にしばらくは声も出ない。

こんなにみっともなく暴発したのも、それをここまであからさまに見られたのも初めてだった。

「…将宗君」

気安く名前を呼んでくる男が憎たらしいが、同時に絶頂に達したばかりの身体が、また勝手に反応して震える。

沖が少し身を起こし、ネクタイを抜いてシャツを脱ぎ捨てるのがわかる。

不様に達したばかりの身体を開かれた柳井は、羞恥に両手で顔を覆うばかりでそれに抗《あらが》うことも出来なかった。

肩からサスペンダーが抜かれ、下肢から汚してしまった下着ごとスラックスも抜かれても、真っ赤に染まった顔を見られるよりはましだと思った。

「あなたなんか、嫌い…」

かろうじて喉から押し出した言葉は、震えてまったく意味をなさない。

「君の素顔を知ってしまうから？」

沖の言葉の意味がわからない。

両脚を大きく開かれ、剝《む》き出しの下肢を晒《さら》される。

でも、すぐにぴったりと昂《たかぶ》ったものを重ね合わされたことにほっとする。

欲望に溺れているのは、自分だけではないとわかるから。この男も、今、間違いなく柳井の身体に欲情しているのだとわかるから…。

あてがわれた男のずっしりした重さと熱、猛々《たけだけ》しさのあるこわばりにどうしようもなく発情して、柳井は自分からまた誘うように下肢を揺らした。

自分がこんなに貪欲《どんよく》だったと知ったのも、初めてだ。

セックスなど、ただ人をたらしこむための手段だと思っていた。

「君がここまで魅力的だとは思わなかったんだ…」

沖が呟く。

欲望をダイレクトにこすりあわされ、その生々しさに喘《あえ》ぐ。

息を弾ませると、充血して膨らんだ乳頭をつままれ、押し潰《つぶ》される。

「んぅ…っ」

思わず洩れた自分の声も、やはり飾り気のない生々しいものだった。

そこが柳井の弱みだとわかったらしく、沖は直接に乳頭をヌルリと口中に含む。

「あっ！　…っ」

腰に直接に響くような痺れに、柳井は思わず沖の髪を握りしめる。

引き離すつもりだったが、続いて甘嚙みされ、口中で弄ばれるようにすると、すすり泣くような上《うわ》擦《ず》った声が勝手にこぼれた。

やわやわと舌先で転がされ、舐《な》め食《は》まれると、強く吸われるよりも甘い疼《うず》きが何度も走る。

背筋が震え、腰が跳ねるように浮き上がり、まるでねだるようにはしたなく蠢《うごめ》き、震えた。

もう片方の手もツンと赤く尖った乳頭を指の腹にはさみ、何度もくすぐるようにつまみ上げては、柳井を悩ませ、悶《もだ》えさせる。

「あっ…、…ぁ」

作りものとはまったく異なる嬌声《きょうせい》が何度も切れ切れに喉から迸《ほとばし》って、自分でも耳を覆いたくなるほどだった。

耳許まで、赤く染まって熱いのがわかる。

せめてその朱に染まった耳を、柳井は見られるまいと懸命に隠そうとした。

そうでないと、自分が心底、この沖とのセックスに溺れていることを知られてしまう。

「可愛い身体…」

からかうでもなく、沖は感嘆混じりに呟くと、何度もうなじに唇をつけ、敏感な首筋に舌をねっとり這わせては柳井を煩悶《はんもん》させる。

「んぅ…」

柳井は自分から男の首に腕を伸ばし、さらには下肢へと手を伸ばして熱を帯びた男の砲身を握りしめ、懸命にこする。

柳井の手に余るほどの大きさのそれはとても熱くて、しっとりと指の中で濡れて弾むような弾力を持っている。

初めて他人の性器を好ましいと思った。

むしろ、この反応が愛《いと》しくさえある。

「…あ…」

柳井は自分から唇を開き、男に唇を寄せると舌を伸ばして夢中でキスをねだった。

「ん…、ん…」

沖が応えてくれると懸命に舌を絡め、命じられてもいないのに喉を鳴らして、その唾液《だえき》を吸う。

胸や性器をまさぐっていた手が腰に伸び、引きしまってきれいなまろみを持つヒップをやんわりとこねてくる。

最初はゆるやかに、徐々に大胆な動きを見せて臀部《でんぶ》を鷲摑《わしづか》んだ男の手は、普段は外気に晒されることのない箇所をあからさまな形に押し広げる。

「…ぁ」

押し広げられた割れ目に思わせぶりに男の指をすべらされ、柳井は息を弾ませる。

「ここを可愛がっていい？　私のもので…」

耳を甘嚙みされ、柳井は否とも諾とも言えずに、ただ男の肩口に顔を埋めた。

柳井の控えめな肯定を見て取ってか、身を伸ばした男はやがてヌルリとしたジェル状のものを割れ目にそっと塗りつけてくる。

揃えた二本の指で何度も入り口で円を描くようにされ、柳井は小さく息を詰めた。

「…ん…」

かそけき声を聞き逃すこともなく、柳井の首を抱くようにしてタイミングを見計らっていた男は、ぬうっと指先を押し込んでくる。

「は…ぅ…」

外部から押し入られ、内部へと沈み込まれる感触に耐えると、やがて二本の指はヌルリヌルリと何度も内部を穿《うが》つように卑猥《ひわい》に動きはじめた。

「ぁ…、ぁ…」

懸命に息を逃すようにしていると、たっぷりした潤滑剤の潤いと共に何とも言えない疼くような感覚が湧き上がってくる。

「あ…、あ…」

溢れとろけるジェルと共に、何度もゆるやかに内側をまさぐられると、しだいに応えるように腰が蠢き出す。

「可愛いね」

低く響く声は、まるで甘美な毒を吹き込まれるようだった。

勘のいい男はすぐに柳井の弱い箇所を探り当て、内から無理のない力でやさしく円を描くように抉《えぐ》ってくる。

中への侵入を許したことはあっても、これまで肉襞を抉られる悦《よろこ》びを知らなかった柳井はその快感の強烈さに、ひたすら沖につかまって耐えるしかなかった。

断続的に腰が浮き上がり、細かく震える。

「あっ…、あっ」

声までが、柳井の意思とは無関係に勝手に喉を突いて出る。

未知の悦びの裏に、こんな快美さが続けばどうなってしまうのかという淡い恐怖がある。

柳井の声のトーンが変わったのがわかったのだろう。

沖はこめかみに口づけて内部から指を抜き去り、次に唇をキスで覆いながら、柳井の脚を大きく割り広げた。

構える暇もなく、男は溶け綻《ほころ》んだ箇所に圧倒的な力と質量で押し入ってくる。

「…っ！」

ヌウッと内部に押し入ってくる膨れ上がったものの圧力と大きさに、すぐには声も上げられなかった。

「キツいな…」

目を見開く柳井の前で眉を寄せた沖が呟き、また唇を合わせてくる。

「…は…っ、…ん」

両脚を大きく開かされて、さしたる抵抗も出来ないまま、ずっしりとした男の質量を体奥深くで受けとめながら、柳井はまだキスに応える余裕もなく呻く。

「…ん…ぅ」

「キツい？」

柳井のこめかみに口づけ、なおも男は尋ねてくる。

「…っ…」

器官を割り広げられる圧迫感はあるが、無理のない男の挿入に、徐々にまたさっきの疼きが蘇《よみがえ》ってくる。

「ん…ぁ…」

柳井の変化を見て取った男は、ジェルの潤いに任せてゆるやかな抽挿《ちゅうそう》をはじめる。

「あ…、あっ…」

柳井は不可測の快感に半ば怯《おび》え、幼いような声を上げた。

それでも長大なものの先端で弱い箇所を続けて抉られると、また腰が震え、勝手に男の動きに応じて蠢きはじめる。

怖い。

こんな行為に夢中になり、すでに朦朧《もうろう》となって応じかけている自分が怖い。

そして、それ以上にそんな恐怖をはるかに上まわってしまう強烈な快感が怖い。

「君…、もしかして…」

沖が息を弾ませながら呟いた続きを待ったが、男は何かを堪えるように苦しげに眉を寄せ、さらに深く柳井を抱き寄せただけだった。

気がつくと、沖の額や肩、背中にも汗が浮きはじめている。

汗ばんだ男の背中に懸命に腕をまわし、柳井は拙《つたな》いながらも沖の動きに応えて腰を揺すった。

「あっ…、あっ…」

入ってる…、と柳井は譫言《うわごと》のように洩らした。

「うん、熱く濡れてて気持ちいいよ」

ささやかれると、ぼうっと身体が熱を帯びたように火照《ほて》った。

重いストロークで奥深くを突かれるたび、意識が甘ったるく濁りはじめる。

隠しようのない嬌声が、勝手に喉の奥からこぼれる。

寝室の壁に響く、濡れた接合音が恥ずかしい。

それでもさらに奥…、とくねった腰を深々と穿たれ、汗の浮いた背筋を大きく反らせた。

奥深くを穿たれることが、気持ちよくて仕方がない。

長い腕で背中を抱きとめられ、唇を塞がれると、もう逃げる術《すべ》さえない。

柳井は自分から沖の顔に手を添え、鼻を鳴らしてその舌先を懸命に舐めた。

「あっ…、いい…、いい…」

切れ切れに呻きを洩らし、柳井は腰を揺する。

人肌を、そして自分の中に深く入り込んだ存在をこんなに愛しく思ったのは初めてだった。

時折、自分を組み敷く沖の方が苦しげに眉を寄せ、声を詰まらせるのも恋しい。

「…いい？」

頬に触れ、喘ぎながら尋ねると、男は頷いて笑った。

「ああ、すごくね…」

それに可愛い…、と呟かれ、柳井はピンク色に上気した頬をさらに赤く染める。

白い身体は全身汗ばみ、胸許あたりからは濃い桜色に染まっていた。

「あ…、気持ちい…」

素直に快楽を訴える言葉が口からこぼれた時には、もう意識は恍惚《こうこつ》となりかけていた。

抱きしめられ、何度も突き上げられて味わったこともない快楽の淵《ふち》へとどんどん追い詰められる。

そこから先を知るのが怖くて、もう許して…と訴えた時には、内側からうねり、突き上げられるような甘い波に全身が攫《さら》われた。

「やぁ…っ！」

懸命《けんめい》に歯を食いしばり、身体中を強く震わせる。

ズン…と一番深い箇所に男を感じた瞬間、頭の中が真っ白になり、触れられてもいない性器が大きく跳ねた。

「…ぁ…、あ…」

柳井は細い声と共に全身を震わせ、白い飛沫《しぶき》を弾けさせる。

男を喰《く》い締める内側が強く収縮し、何度も痙攣《けいれん》するのが自分でもわかった。

「…くっ…」

短い呻きを洩らし、柳井を懐深く抱きしめた沖が固く唇を噛みしめた瞬間、自分の中で何かが熱く弾けるのがわかった。

「…ぁ…、ぁ…」

ずっしりした重みのあるものが何度も大きく震え、内側を幾度かにわたって温かな体液で濡らしてゆく。普通なら絶対に許せないはずなのに、今はそうして内部を男の放ったもので白く穢《けが》されるのが心地いい。

びっしょりと汗に濡れた身体をシーツの上で細かく震わせ、柳井はほっそりした体奥深くに男の所有の証《あかし》を受けとめた。

「将宗君…」

快感の余韻に震えている頬を大きな手で撫でられ、うっとりと目を伏せる。

やわらかく唇を重ねられ、自分から舌を伸ばしてそれに応えた。

好きなように口中を貪《むさぼ》られるのが、今は心地いい。

厚みのある舌先で口腔《こうこう》を奥まで探られ、唾液を吸われた。

それが今は、ただ嬉しい。

身体を重ねた後、こんなに満ち足りて幸せな気分になったのは初めてだと、心地よい眠気にとらわれながらぼんやりと思う。

「少し寝る？　起きたら、また…」

ささやく男の声がやさしい。

この甘さのある低い声が好きだと、遠のく意識の中で柳井は思った。

今なら…、そして、この男になら、このますべてを終わりにされてもいい…。

今、この瞬間になら…、と柳井は心地よい温《ぬく》もりの中に溶け込むようにして思った。


「素敵なお宅だね」

駒場にある柳井の屋敷の玄関へと入った沖は、感嘆したように呟いた。

かたわらには例の弥勒菩薩像が入ったキャリーバッグと、柳井の荷物の入ったキャリーバッグとがある。

コーヒーはあとで…という言葉通り、コーヒーを飲んだ後、さっきのランドクルーザーとは別に地下に置いてあったジャガーで屋敷まで送られた。

あのあと、柳井が目が覚ますと、コーヒーの香りが寝室にまでふわりと漂っていた。

リビングへのドアが開け放たれているため、アイランドキッチンでコーヒーを淹《い》れている男の姿が見える。

丁寧にドリップさせているらしい。

シーツを引き寄せ、剝き出しになっていた肩を隠した柳井は、かたわらにパイル地のローブが置かれていることに気づいた。

さっきの情事の跡もすべて丁寧に拭《ぬぐ》われたあとらしく、汗でしとどに濡れていた肌はさらりとしている。

両脚の間もわずかに湿り気を残しているだけで、不快さはなかった。

あの幸せの絶頂で終わりにされたわけではなかったのかと、柳井はわずかに目を伏せた。

いっそ、終わりでもよかったというのは、あまりに浅はかな期待だったろうか…。

柳井はかたわらに置かれたローブに袖を通し、起き上がろうとする。

それでもその時は、ただ沖の側に行きたい一心だった。

しかし不覚にも脚に力が入らず、かくりと膝が折れて、慌ててベッドに手を突くハメになる。

理由に思いあたり、柳井はみっともない姿勢のままで赤らんだ頰を押さえた。

「…大丈夫？」

そんな柳井に気づいたらしく、沖が足早にやってきてかたわらから身体を支えた。

「立てます」

これぐらい…、と言ってはみたが、まだ何かが奥深くに埋め込まれているような感触は何とも表現出来ないものだった。

口とは裏腹に、指は勝手に沖の肩に縋《すが》ってしまう。

自分の身体がおぼつかず、頼りなさと気恥ずかしさとが同時にくる。こんなにも他人に自分の身体を好きにさせたのは初めてだった。あんなにも夢中になったこともない。

「無理しない方がいいよ、そっとね…」

かいがいしく柳井を支え、ダイニングテーブルに座らせると、沖はコーヒーのカップを前に置く。

「エスプレッソかと思ってた」

細い声で洩らした柳井に、沖は申し訳なさそうな顔を作った。

「起き抜けすぐは、エスプレッソってキツくない？　淹れてから起こすつもりだったけど、ちゃんと聞いてからにすればよかったね、ごめんね」

「別にかまわないです」

カップに口をつけると、素直でない柳井はあえて素っ気なく言う。

とても美味しいと思ったが、さっきの恥態もあって素直には言えなかった。

徐々に自分がどんな声を上げ、どこまであからさまな表情を見せたかが、思い出されてくる。

あそこまで赤裸々に自分の欲望を人前に晒し、グズグズになってしまったのは初めてだったので、ここでどんな顔を見せていいかもわからない。

「砂糖とミルク…っていっても、牛乳だけど」

ちゃんとガラスのピッチャーに入れたミルクを、沖はコーヒーシュガーと共に並べてくれる。

柳井はおとなしく手を伸ばし、普段の好み通り、ブラウンシュガーをひとかけとミルクを入れた。

「今ね、ちょうどニュースになってるよ、さっきのニュースの録画だけど見てみる？」

眠り込んでいた警察官が意識を取り戻した後は、相当な騒ぎになっているはずだと柳井は頷く。

沖がリモコンでリビングのテレビをつけると、男性キャスターの背後に着岸中のエテルネルの映像が映し出された。

『現在、東京は大井埠頭に着岸中の豪華客船エテルネルから、当船の目玉である弥勒菩薩像が盗み出されました』

続いて展望ラウンジに展示されていた時のガラス越しの弥勒菩薩像が映る。

『盗まれた弥勒菩薩像は、客船エテルネルを所有するフランスのル・ソレアル社の社長、オーベール・クロード氏が、二年前にクリスティーズで一二〇九万ドル、日本円にしておよそ十二億円で落札したガンダーラ時代の弥勒菩薩胸像です。こちらの弥勒菩薩像は、内戦時代のアフガニスタンから持ち出されたものだと言われており…』

ニヤケた鼻に付く男の顔を思い、柳井は呟く。

「…これで少しはオーベール・クロードの歯嚙みする顔が見られるかな？」

「多額の保険金がかかってるから、別にクロード氏は損はしないよ。むしろ、今は影で笑ってるぐらいかもしれない。相場の三倍近い値段で強引に競り落としても、支払われる保険金もその値段に応じたものになってるからね。香港の盗賊団の件だって、船のいい宣伝になったぐらいは思ってるんじゃない？」

辛辣《しんらつ》な言葉と共に、沖はこれまで見せなかった、やや残忍な印象の笑みを浮かべた。

「日本の警察には、少々気の毒なことになるけどね」

沖の言葉通り、画面には複数の鑑識や捜査員が船に乗り込んでゆく様子が映し出された後、警察の幹部が数名、会見で揃って頭を下げる様子が映る。

柳井は現場で警備を請け負っていた宮原の顔を、ちらと思い浮かべた。

「あの若い刑事君が気になる？」

口には出さない柳井の思いを巧みに読んだように、男は尋ねてきた。

「どうして？」

柳井はあえて平然と尋ね返す。

「ずいぶん仲もよさそうだったし、ちょっと妬《や》けるなぁ」

「あんなにのんびりしたキャラなら、一、二回上からドヤされるぐらいの方がいいかもしれませんよ？」

「おや、気の毒に。背も高くて、性格も悪くなさそうなのにね」

はたしてどこまで妬いていて、どこまでが同情なのか、言葉ほどの真剣味もない表情で、沖はテレビを切った。

そして、そうだ…、と柳井に向き直る。

「着替えはある？　スーツはクリーニングして返そう」

いくらか汚してしまったことを言っているらしい。

柳井はまたうっすらと頬を染める。

「別にかまわないです、どのみちクリーニングには出さなきゃならなかったから」

「そう？」

それ以上は強要するつもりはないらしく、男はあっさりと引き下がった。

何か柳井のプライドを損なうと思ったのかも知れない。

その後、柳井はバッグの中にあったおとなしめの服に着替え、こうして家まで送られてきていた。

その際、沖の言ったとおりに、祖父の形見の黒真珠のタイピンも、ちゃんとバッグの中にしまわれていることを確認している。

「じゃあ、これはこのまま、置いていくね」

玄関先で菩薩像の入った方のバッグを指差し、あっさりと沖が言うのに、柳井は今さらになって慌てた。

「…え？」

「それとも、どこか別の場所に運んだ方がいい？」

尋ねられ、自分は何を期待していたのかと、柳井は唇を噛む。

「…本当にちゃんと弥勒菩薩像が入ってるんでしょうね」

口をついて出たのは、やはり憎まれ口だった。

「確かめてみる？」

沖は気を悪くした風もなく微笑むと、膝をついてバッグを開けた。

船内で梱包したままの状態で、菩薩像は中から出てくる。

沖はいくらか白い布を解き、額にダイヤをつけた弥勒菩薩像の頭部を露《あら》わにしてみせる。

やさしく優美な微笑と趣味の悪い大粒のダイヤモンドは、まごうことなき本物の証だった。

「約束は守ったよ」

ね…、男はささやくと身を寄せてきて、柳井の腰を抱いた。

キスをされるのだと思って目を伏せかけた柳井は、男が額に唇を軽く押しあてたことに驚く。

そして、同時に男からのキスを期待した自分に腹を立てた。

「おやすみ、可愛い泥棒さん」

そっと耳許にささやくと、男はすっと身を引いて玄関から出て行った。

表でジャガーのエンジンをかける音が聞こえる。

…それだけ？

男は何かを取りにいっただけで、すぐに戻ってくるのではないかと、沖の出ていったドアを呆然と振り返っていた柳井は、車のエンジン音が遠くなるのを眉をひそめたままで聞く。

――私の部屋まで。その後、報酬をいただいたら、君を弥勒菩薩像と共に家まで送り届けるっていうのはどう？

確かにあの時、沖はそう言った。

そして、報償と引き替えに、柳井を弥勒菩薩像と共にこの屋敷に送り届けた。

確かにそれだけなのだろうが…。

この男にならここで息の根を止められてもいいと、一瞬なりとも思ったのに…。

何も信じない、信じるものもないと、もう何年も前に思い知ったはずだったのに、今になって自分は会ったばかりのこの男にいったい何を期待したというのか…。

弥勒菩薩像をかたわらに、柳井はじっとその場に立ちつくしていた。

男のくれた名刺通りの青山の住所に、確かにその形成美容外科クリニックはあった。

あえて現場に赴かなくとも、インターネットでクリニックを検索しただけで、形成美容外科のホームページは簡単にヒットした。

院長紹介のページで白衣に身を包み、女性の心を鷲摑みしそうな笑みを浮かべて写っているのは、確かに沖孝久本人だった。

形成外科医の立場からの手術の安全性と施術に対する見解、同時に手術の可否や無理な手術のリスクについてなどを、かなり詳しく嚙み砕いて説明している。

主立った手術のおおまかな概算費用なども、ちゃんと載せられている。むろん、安いものではないが、法外なぼったくり価格にも見えない。

実際にはどうだかわからないが、ホームページを見ている限りは、その形成外科医としての姿勢はかなり誠実なものに思えた。

クリニックは青山通りに面した、御影石張りのずいぶん瀟洒《しょうしゃ》な商業ビルの一角にあった。

「失礼ですが…」

白い大理石のカウンターの向こうの受付嬢に、銀縁の眼鏡をかけた柳井は声をかける。

今日はおとなしい紺のスーツに身を包んでいたが、格別地味に作ってもいなかった。

むしろ、ストイックなスーツ姿は、すっきりとした容姿に映えるだろう自覚はある。

「こちらの沖孝久先生にお目通りしたいんですが」

かなり容姿ランクの高い受付嬢は、嫌味なほどににっこりと上品な笑みを浮かべた。

「本日はご予約を頂いてますでしょうか？」

「いいえ。…でも、何かあれば来るようにと言われてます」

受付嬢は隣の受付嬢と顔を見合わせる。

そして、柳井の名前を尋ねると、立ち上がって衝立の向こうへと姿を消した。中の診察室とやりとりをしているようだ。

さほど時間を置かず、受付嬢は戻ってくる。

「ただいま診察中ですので、しばらくお待ち下さい。すぐにお呼びするとのことです」

こちらで…、と案内されたのは、少し奥まったコーナーだった。

向こうが見えそうで見えない、プリーツたっぷりのクリーム色のコンパートメントで区切られている。どうやら、患者同士が直接に顔を合わせにくいようにという配慮らしい。

主要客は、ほとんどが女性なのだろう。

必要以上にキラキラしたラグジュアリーな空間だった。

何の匂いかはよくわからないが、胸のあたりがすっきりする独特のすがすがしいような香りが漂っているのは、アロマオイルでも焚いてあるのだろうか。

天井からはシャンデリアが下がり、足許のカーペットは無駄に毛足が長く、フカフカと足が沈む。

真新しさの鼻に付く煌々しさは柳井の趣味ではないが、まるで高級ホテルかスパのような場所だ。

しばらくして、受付嬢がにこやかにクッキーを添えた紅茶を運んできて、かたわらの小さなテーブルに置いていった。

「あんなに綺麗な顔なのに…ですか？」

「…あれはアフターなんじゃないの？」

コンパートメントの向こうで受付嬢がこそこそとささやきあうのが聞こえてきたが、柳井はまったく動じなかった。

誰が何と言おうと、この美貌は生まれもってのものなので、別に何とも思わない。これが作り物に見えるかという、真贋《しんがん》のわからない相手へのかすかな軽蔑があるだけだ。

やがて、ありがとうございました…、という礼と共に奥の診察室から女性が出てくる気配がした。

その後、柳井は診察室へと通される。

ドアを開けると、白衣を着た沖が黒のレザーのハイバックの椅子に腰かけ、机の上のパソコンに何か打ち込んでいた。

これではまるで、いたって真面目《まじめ》な医者のようじゃないかと、柳井は入ってすぐのところに立ったまま、しばらく黙って待つ。

当然、中にいるだろうと思っていた看護師などの女性スタッフがいないのは、沖が人払いでもしたのだろうか。それともこういった整形クリニックでは、患者のプライバシーを守るためにスタッフも置かないのだろうか。

こんな場所には足を運んだことがないので、よくわからない。

「すみません、お待たせして…」

顔を上げた沖は、柳井を認めて嬉しそうな顔を見せる。

「やぁ、可愛い恋泥棒さん」

沖は柳井の方へ椅子を回転させると、脚を組んで座り直した。

「…恋泥棒？」

泥棒はとにかく、恋泥棒という下世話な言葉はどうにも解せない。

「落ち着いた眼鏡姿も素敵だね。優等生っぽくていいよ」

「せっかくですが…」

のうのうと言ってのける男に、柳井は形のいいほっそりとした顎をツンと上げる。

「僕はどちらかというと可愛いというよりも、美しいといわれる造形ですので」

柳井の言葉に、沖は一瞬目を見開いた後、また大きく手を打ってゲラゲラと笑い出す。

あまりにいつまでも男が笑うので、柳井は細い眉を寄せた。

「…あなた、少し失敬じゃないですか？」

「すごいな、君は…。まったく私の期待を裏切らない」

「あなたはなかなかユニークな方ですが、その笑い方は少々品がなくて、僕は好きではありません」

「それは失礼」

柳井の嫌味にも、沖はいっこうに悪びれた風もなくわずかに肩をすくめた。

「それよりも、何です、これは？」

柳井は自分のもとに郵送されてきたカードを突き出す。

厚みのある上質な封筒には、Ｓの飾り文字がエンボス加工されている。

それに小さく十三のローマ数字。

「まがりなりにも十三代目を名乗るなら、日本の伝統文化にのっとった方法で手紙を送ってくるぐらいしたらどうなんです？」

柳井の言い分に、沖はまた笑って組んでいた脚を解いた。

「失礼、ならば今度は立文に麗々《れいれい》しく墨文字で書くことにしよう」

「二度も三度も、わけのわからない手紙を送って頂かなくともけっこうですけど」

「ラブレターも兼ねてるんだ、書かないわけにはいかない」

「どうだか」

柳井は肩をすくめた。

第一、この時代、こんな商業の一等地にクリニックを構えておいて、そんなアナログな方法で連絡を取ろうという男の気が知れない。

「それよりもこの中身、何です？『今宵《こよい》、君の心を頂戴しに上がりたく候《そうろう》』って」

「文字通りの意味だよ」

「はい？」

柳井は不穏な声を出す。

「いったい、どこに頂戴しに上がるっていうんです？」

この間、さっさと帰ったのは自分ではないかと、今さらのようにむかっ腹が立ってくる。

あの時、流されてもいい、終わりにされてもいいと浅薄にも考えてしまった自分が、今はとても許せない。

「もちろん、君の望むところに」

「残念ながら、人と馴れ合うのは好きじゃないんです」

「君が好きじゃなくとも、私は君がずいぶん気に入ってしまった」

「それはお気の毒様でした」

「この間の晩は、あんなに素直で可愛い表情をいくつも見せてくれたのに…」

レザーのハイバックチェアの肘に頬杖《ほおづえ》をつき、男は面の皮も厚く言い放つ。

「…何かのお間違いじゃありませんか？」

柳井は強く眉根を寄せた。こんな男に肌を許してしまったことが、そもそもの間違いだ。

「最後は『もう許して』って、すすり泣いてたのに？」

へぇ…、と臆面《おくめん》もなく言ってのける男に、柳井は思わず手を上げた。

パン、と乾いた高い音がして、また男がよけもせずに頬を打たせたことがわかる。

「…ぁ」

にっこりわらって自分を見上げてくる男に、逆に柳井は頬を赤らめて少し後じさった。

「会いに来てくれて嬉しいよ」

「…別に好きで会いに来たわけじゃありません。わけのわからない手紙を送りつけられて、気味が悪かっただけですから」

「ああ、でも、このあとに…」

沖は卓上に置かれたレザーの表紙のノートを取り、ぱらりとめくる。

「診察の予定があるから、また今晩、君の家にお邪魔してもいい？」

「来ないで下さい、失礼しました」

柳井はあえてつれない声を出すと、さっさと男に背を向ける。

「すごく美味しいドイツのアイスワインがあるんだ。冷たい君の心並みに、よく冷やして持ってゆくよ。生ハムにチーズ、カタルーニャの白カビのサラミにアンチョビ・ムース。…それからよく冷やした洋なしのル・レクチエに、宝石みたいな翡翠《ひすい》色のシャインマスカット。…そういうのは、あまり好みじゃないかな？」

ドアに手をかけた柳井は、そのまましばらく黙り込む。

いずれも聞くだけで魅力的なメニューだ。それにこの声、この独特の心を攫《さら》う話し方。

「厨房を借りることが出来れば、鯛《たい》でポワレも作るよ」

柳井は不承不承、譲歩の声を出す。

「…美容のためにも、夕食は規則正しく取りたいんです」

「何時頃？」

「いつもは七時半に」

「じゃあ、がんばって七時には着くようにするから」

弾んだ声を出す男を、柳井はドアを開けながら振り返る。

「別に待っているわけじゃありません」

「またあとでね、泥棒さん」

魅惑的な声には応えず、柳井はそのまま黙って診察室を出た。

心を盗みに来たのは、いったいどちらの方なのだと…。

END

幻灯ピカレスク

序章

ざわつきはじめた機内の様子に、沖孝久《おきたかひさ》はふと目を覚ます。

国際線に乗るのは久しぶりだから…、と沖はアイマスクをずらして周囲の様子を窺《うかが》う。

以前よりもさらに進化したフルフラットのシートは、思っていた以上に快適に眠ることができた。

「お目覚めでしょうか？」

沖が身を起こしたのに気がついたのか、キャビンアテンダントがにこやかにやってきて、温かなおしぼりを差し出してくれる。

「ああ、ありがとう」

「よろしければ、軽食の用意を承りますが…」

キャビンアテンダントは、軽食用のアラカルトメニューを目の前に開いてみせる。沖はその中から和食を頼みついでに尋ねた。

「ちなみに今、どのあたりですか？」

「バルト海上空でございます。あと二時間半ほどで、ロンドンに到着いたします」

「なるほど、ありがとう」

受け取ったおしぼりをしばらく目許にあてた沖は、同じ機のエコノミークラスに乗っているはずの歳下の青年を思った。

今頃、目を覚ましているだろうか。ビジネスクラスでも、そろそろ人々が起き始めた頃だ。しかし、彼はかなり神経質で潔癖なところがあるので、もしかして眠れていないかもしれない。

事前に声をかけていてくれたら、喜んで同じビジネスクラスの席を用意したのにな…、と思う。人をしたたかに利用するのがうまいようでいて、意外にプライドは高く、つきあい始めてみても、こちらの懐を完全にあてにするわけではない青年。

人に心を許すことをどこかで怖れているような…、と考えかけて、そういうところが可愛《かわい》いわけだけれども、と沖はタオルの陰で小さく微笑《ほほえ》んだ。

柳井将宗《やないまさむね》――駒場《こまば》の古い洋館に一人で住むその青年は、見た目は若く、三十歳手前程度にしか見えない年齢不詳の青年だ。ただ、年齢のこととなると、それなりに薹《とう》の立っている自覚はあるらしく、どうも機嫌を悪くする。

名前こそ武家の総領息子のような凜《りん》とした勇ましい名前だが、旧華族であった柳井伯爵家の直系の子孫だ。旧華族出身といわれて思わず納得してしまうような、線の細い上品な顔立ちを持っている。どこか超然とした、生まれ持っての品のようなものを備えているとでもいうのだろうか。

下品な言動を好まない青年なので、ある程度、本人にも自覚はあるのだろうが、それでもやはり一朝一夕では身につかないような、優雅な物腰がある。おそらく、あの綺麗《きれい》な顔がなかったとしても、育ちのよさは十分に感じられただろう。

そんな出自のせいか芸術への造詣《ぞうけい》が深く、柳井はかつては某国立博物館の主任学芸員だったこともある。

今は本人曰く、しがない三流私立大学の美術史の非常勤講師に甘んじているわけだが、はてさて…と、沖は少し髭《ひげ》の伸びかけた頰のあたりを指で撫《な》でた。

某国立博物館といえば、美術品展示施設としては日本でもっとも有名、かつ、歴史ある博物館の一つだ。それだけに所蔵されている美術品、工芸品も多く、日本美術ばかりでなく、東洋美術や一部西洋美術まで多岐にわたる。

その国立博物館にいた学芸員、しかも主任学芸員ほどの立場なら、かなり専門的な知識を持つ職員として、本来はどこの美術館や博物館に再就職できそうなものだ。

しかし、柳井に限ってはどこも採用を見合わせているらしいという話も聞いた。

柳井はその理由について、けして口を割ろうとはしないが…。

プライドの高い青年だ。おそらく、その理由が柳井の誇りをひどく傷つけるものなのだろう。自分の過去については、何も語ろうとはしない。

今回のイギリス行きも、柳井は事前に沖には何も知らせなかった。

半年ほど前に、『海上の美術館』とも呼ばれる豪華客船エテルネルの中で直接に顔を合わせて以来、知らぬ仲でもないというのに…、と沖は馴《な》れ合いを好まない青年の横顔を思う。

柳井がどう答えるかはとにかく、今、沖にとっては一番に関心を引かれる存在だった。

何か、イギリスに気に入った獲物でもあるのだろうか。それとも、掘り出し物でも見つけたのだろうか。あるいは単にネットショップ用の買い付けなのか。

非常勤講師としてのわずかな給与だけでは食べていけないようで、柳井はネット上でアンティーク品の販売も行っている。

柳井には知らせないまま、沖も時折チェックしているが、アンティークジュエリーがメインで、食器やイコンなどもたまに扱っている。数が多いわけではないが、取り扱っている品物の趣味はいい。それなりに顧客もついているのか、そこそこ高額のアンティークもポンと売れたりしている。

今回、沖が柳井のイギリス行きに気づいたのは、そのネットショップにしばらく都合で休むという案内が出ていたためだ。そこで初めて、柳井がこのロンドン行きの飛行機のシートを押さえていることまで調べた。

半ばは趣味のような柳井の盗みの対象は、持ち主によってその価値が著《いちじる》しく毀損《きそん》されかけた物、あるいはかつての柳井伯爵家に関連する物と、様々に理由はあるようだが、はたしてイギリスには何があるのか。

柳井は没落貴族のようなものだなどと自嘲《じちょう》めいたことを言っていたが、どうやら世に疎《うと》い柳井の祖父や父親は、柳井家に伝わっていた財産を、周囲に言葉巧《たく》みに騙《だま》し取られたようなところもある。

おそらく、過去に騙し取られた実家の財産は、法的に訴えてもほとんど戻ってくることがないだろう。それを相手やその親族から取り返したいという気持ちは、わからないでもない。

ある意味、柳井も義賊のようなものなのかもしれない。

いや、義賊見習いかな…、と義賊として名高い『左衛門之丞《さえもんのじょう》』としての技を、子供の頃から祖父から直々に伝えられた沖は思い直す。技術としてはまだ未熟だが、あの柳井の器用さと頭のよさ、そして時には痛々しく見えるほどに不器用な誇り高さが、沖にとっては何ともツボだ。

年齢的にはもう痛々しいという歳ではないし、十二分に立派な大人だ。なのに時々、人に甘えることを知らない猫のように見えることがある。

もう少し人を頼ることを覚えてくれるといいんだけどな…、と沖は機内用に持ち込んだバッグの中から携帯用の髭剃りを取りだすと、配られたアメニティキットと共に持って立ち上がった。

一章

I

午後三時過ぎ、ロンドンのヒースロー空港からパディントン駅に着いた柳井将宗は、キャリーバッグを引き、駅から数分のホテルに向かった。

ビクトリア時代のタウンハウスを改装した建物は古いが、ハイドパークにも近く、比較的静かなホテルだ。料金が安価なので、内装が安っぽいのは仕方がない。

掃除が行き届いていて、水回りがきれいにリフォームされているだけマシかと、柳井は狭い部屋の中をざっと見てまわった後、キャリーバッグを開けた。

中のスーツをクローゼットに掛け、目覚ましを一時間半後にセットして、いったん、ベッドの上に身を投げ出す。

エコノミークラスでの十二時間のフライトは、やはり思っていた以上に疲れた。

横でずっと盛大ないびきをかいていた年配男性客も許せないし、離陸と同時に断りもなく座席を目一杯まで倒してきた前のアジア系の若い女も許せない。水分量の少ない、海の物とも山の物ともしれないパサパサした機内食も信じられないようなものだった。羽田発なら少しは食事もマシかと思っていたが、味の濃さが口に合わずにほとんどを残してしまった。

おかげでほとんど眠れずにロンドンまでやってきてしまったと、柳井は睡眠不足と乾燥とで充血した目を、温かくなる使い捨てのアイマスクで覆い、布団を引きかぶる。

イギリスに来るのは、これで六度目だろうか。

イギリスには今、世界中の古美術品やジュエリーの良品が集まるといわれている。それもヨーロッパのものばかりでなく、アジア、東洋圏のアンティークもすべてが、ヨーロッパ金融の中心であるイギリスに一番集まってくる。

やはり、中東やロシア、アジア圏の富裕層が、こぞってイギリスに不動産を買い求めるせいだろう。

日本の骨董品ですら、かなりの量の名品がいまだにイギリスに眠っているといわれている。

それというのも、かつて日本が開国間もない明治の頃、国を挙げて積極的に美術品を輸出したためだ。

国力のない当時の日本にとっては、古来より伝わる美術品の数々は、外貨獲得の手段の一つとしてこの上ない品々だったのだろう。廃仏《はいぶつ》毀釈《きしゃく》運動や、廃藩置県で生活に困った有名寺社や大名家などから、大量の美術品が安く売り払われたのも、良品が大量に海外へと流出した理由だった。

その後、紡績業などで日本が台頭してきてからも、海外への日本文化の浸透も兼ねて美術品の輸出は奨励されていた一面があるため、目を見張るような逸品が海外のコレクターの元にあったりする。

同時期、清朝も末期だった中国ではやはり同様の理由で、食うに困った上流階級が家財や美術品を換金したのが、東洋《オリエンタル》ブームだったイギリスへと多数持ち込まれた。

ひと頃に比べれば取引は減っているとはいえ、まだまだ世界で一番のマーケットがある。そのため、柳井も一年に一度程度は趣味と実益を兼ねて、買い付けに足を運んでいる。

しかし、イギリスだけでなく、基本的に柳井は長時間のフライトがあまり得意ではない。時差ボケもあって、着いてすぐにあちこち活動的に動き回ることはほとんどできない。

街の音すら、どこか日本とは異なっているのを遠く聞きながらとろとろとしかけると、すぐに無粋なアラーム音が響いた。何とも恨めしいような思いで、柳井は身を起こす。

洗面所で眠気覚ましを兼ねて顔を洗う。仮眠を取っても、かなり疲れた顔だった。ひどい顔だと、柳井は薄黒いクマのできかけた目許を覆う。こんな不様な顔を外では晒《さら》したくない。

それでも、わざわざこのイベントのためにイギリスまで足を運んだのだからと自分を叱咤《しった》し、着馴らしたネルシャツにセーターという旅行用の軽装から、スーツに着替える。

シャツの袖《そで》にはシルバーのカフスをつけ、セルフレームのスクエア型の眼鏡で真面目《まじめ》な秘書風の装いに作る。腕のカフスは、いかにも美術品ディーラーらしく見せるためのものだ。

幸いにして、角張った眼鏡のせいで多少のクマも目立たなくなった。髪も地味に、極力人目につきにくいように撫でつけると、柳井は部屋を出た。

柳井はタクシーを拾うと、ハイドパークをはさんで向こう側の、サウス・ケンジントンにあるさる有名なオークションハウスで行われている下見会場へと向かった。

オークションハウスの存在は日本ではあまりメジャーではないが、競売を行う場所や競売会社そのものを指す。有名なところでは、クリスティーズやサザビーズで、世界最大級のオークションハウスともいわれている。

西欧圏では、このオークションハウスの存在はさほど特別なものではない。リサイクルショップに足を運ぶような感覚でやってくる人々も多い。破産した資産家の財産などが運び込まれる時には、かなり価値のある美術品や家具が入ってくることもあるので、そんな時にはあちこちからディーラーが集まってくる。

オークションハウスの下見会場に入るには、特別な資格は必要ない。しかも、有名オークションハウスでは、競売当日でなければ、専門家が作品一つ一つについて丁寧な解説をくれることも多い。そのため、広い会場は年配の人間から柳井とさほど年の変わらない若い人間まで、様々な人間でごった返していた。

肌の色も様々だ。何といっても、中国人のディーラーが圧倒的に多い。バブル期の日本がそうだったように、今や富裕層がこぞって美術品を買いあさっているためだ。最近増えてきたインド人ディーラーの姿も、ちらほら見かけた。投資家らしき数人組もいれば、まったく趣味で顔を出しているような一般人もいる。

今回のオークションは非常に規模が大きい。名品、名画と呼ばれる物が多数出品されている。落札するためではなく、それら「本物」を見学するためにやってきた芸術家志望の学生もいれば、女性の姿も少なくはない。

そんな中、柳井は分厚いオークションカタログを手に、じっくりと品定めするふりでいくつもの部屋を覗《のぞ》いてまわる。

やがて柳井は奥まった部屋で、三人ほど固まった東洋人の集団を見つけた。

三人が見ているのは、今回のオークションの目玉の一つとされている、ジョン・ウィリアム・ウォーターハウスの絵だった。かたわらにはこのオークションハウスのエキスパートがついており、三人に丁寧な説明をしている。

ウォーターハウスは、十九世紀末から二十世紀初頭にかけて活躍したイギリスの画家だ。神話や文学作品に登場する女性を、非常に妖艶、かつ魅力的に描いた。画風はラファエル前派に近いが、ギリシャやローマ風の古典的なスタイルで中世ゴシックを描く、独特の折衷スタイルを持っている。

一時は時代遅れの作家として忘れられていたが、最近になって、その独特の危うい破滅的な魅力を孕んだ女性像が再び評価されつつある画家でもあった。

高さ一メートル弱、幅一メートル半ほどのその絵は、騎士ランスロットと王妃グィネヴィアを描いたものだった。絵画作品としては、そう大きなものではない。

しかし、高貴で近寄りがたい王妃と、その王妃へと手を伸ばしながらも、すでにその魅力に深くとらわれ、恋に落ちたランスロットは、一度見ればずっと記憶に残るような物語性を持っている。

艶やかな色彩、陶器のような肌の質感、独特の構図、媚態《びたい》など一つもないのに見る者の心をすべて攫《さら》ってしまうほどの美しい王妃。ただ、その王妃をひたすらに見つめるランスロット。

すべてが魅力的な絵だった。

これまで個人蔵だったために世に知られていなかったこの絵は、今回、新たにウォーターハウスの作品として出品されたものだ。

賑《にぎ》やかな中国人ディーラーの陰から、その絵を見た柳井は、しばらく言葉をなくして見入る。ランスロットと王妃の許されざる恋の物語を知らない者にでも、二人の破滅的な関係性、禁断の想いが伝わるような見事な絵だった。

気を抜けばその場に立ちつくしてしまいそうになるのを、柳井はなんとかそっと絵から目を逸《そ》らし、三人の男の内の一人、五十代の眼鏡の男を目の端に捉える。

恰幅のいい、やたらと声の大きな愛想のいい男だ。表向きの顔は…、と柳井は眉《まゆ》を寄せる。

蒲生田《がもうだ》…、嫌悪と憤《いきどお》りのあまり、吐き気すら覚える。顔が歪《ゆが》みそうになるのを何とかこらえ、柳井は三人とは距離を取りながら、男達の動きを追ってゆく。

二度と顔を見たくない相手だが、今日のうちにここで会えたのは幸いだった。そうでなければ、下見の期間中ずっと、この会場に蒲生田が姿を現すのを待っていなければならないところだった。わずかの仮眠だけで、ホテルから直行した甲斐《かい》があったというものだ。

男達がウォーターハウスの絵を解説した専門家の元を離れ、隣室へ入るのを見届けてから、柳井は再度絵に近づき、この美しい物語絵をじっくり眺める。

しばらくは言葉もなくすぐらい、その世界観に見入ってしまう。ふと気がつくと、三分以上はその絵の前に立ちつくしてしまっていた。

柳井は離れがたいような思いでその絵の前を離れ、男達の後を追う。三人がさらにいくつかの出品物を下見する間も、柳井は人の間に身を隠しながら後をついていった。

最後、三人の男達が下見会場を出てからも柳井はそれをタクシーで追い、泊まるホテルまでを突き止める。

蒲生田がこのオークションで、あのウォーターハウスの絵の落札を狙っているというのは、やはり本当だったらしい。一人、蒲生田が共に連れていた二十代のおどおどした様子の青年は、今の蒲生田のお気に入りなのか。

考えるだけでおぞましいが…、と柳井はタクシーの中でそれ以上の思考をストップさせる。蒲生田について考えるだけで、それにまつわる記憶が一気にフラッシュバックして胸が悪くなる。それともこれは、寝不足による胃のむかつきなのだろうか。

再び、柳井がホテル近くまで戻ってきて、疲れた顔でタクシーを降りた時だった。

「やぁ、将宗君」

深みのあるバリトンで名を呼ばれ、柳井は驚きに振り返る。

長身の沖孝久が、デニムにショートコートというラフな服装で、すがすがしいほどに余裕のある笑みを浮かべ、立っていた。

「…どうして？」

このイギリス行きについては、何も知らせずに来たはずだ。今は月に三、四回会う程度だ。軽く食事をしたり、時には飲みに行ったり、それ以上の関係に及ぶこともあるが…。

「君に会いたかったから、はるばる海を越えて」

のうのうと言ってのける神出鬼没な男に、柳井は力なく目を閉ざす。

どうしてこんなところでと思う一方で、沖の存在に少しほっとした自分には気づかない振りをした。

もし、ほっとしたというのなら、この魅力のある声のせい、そして異国で知った顔を見たせいだと決めつける。

エテルネルの上で出会った時からそうだったが、何をどう嗅《か》ぎつけるのか、この男は自分の気が向いた時に柳井に会いにくる。

　柳井の屋敷にやってくる時には、今のところ、一応、いつも了解を得てやってくる。しかし、その気になれば、寝ている柳井の枕許にだって平気で立つことができる相手だ。

　青山で形成クリニックを営むやり手の医師としての顔とは別に、もうひとつの顔を持つ男。

「今日はあなたにつきあってる余力がないんです」

「…ひどい顔だな。目の下がクマになってるよ。機内でよく眠れなかった？」

　眼鏡で隠したつもりでも、医者という職業柄もあるのか、沖はホテル横のドラッグストアの明かりで目敏《めざと》く柳井の目の下のクマを見て取る。

「ええ、ほとんどまったく」

　ひどい顔を勝手に見に来たのはそっちではないかと、柳井が目許を覆いながら忌々《いまいま》しい思いで答えると、とんと肩を押される。

「部屋まで送ろう」

「けっこうです、安ホテルですから」

　以前のエテルネルの船倉に近い部屋同様、表向きは誇り高く振る舞う自分の舞台裏など見られたくないのだと、柳井は首を横に振る。

　そんな些細なプライドは、きっとこの男にはわからないだろうし、あえて愚痴《ぐち》っぽく説明したくもない。

「私もここの部屋を取ったよ」

沖の言葉に、何を物好きな…、と柳井は男を呆《あき》れ見た。その気になれば、もっといいホテルはいくらでも取れるはずの男だ。

「一応、ツインだけど。よかったら来ない？」

「だから、もうあなたにつきあってる余力がないんです」

睡眠不足と時差ボケで頭がグラグラする。頭痛まで感じる額に手をあてがい、柳井は呟《つぶや》いた。できることなら、このままベッドに倒れ伏して寝てしまいたい。この男にあれこれとちょっかいを出されて、応じる気力がない。ましてや、関係する体力など、とてもない。

「邪魔しないよ、顔色が悪いから側にいたいだけだ。朝になったら、ちゃんと起こしてあげる」

眠るだけなら、どの部屋でも一緒かと柳井はぐらつく頭で考える。

人の側で寝るのは苦手だが、沖の側では何度か眠り込んだことがある。だったら、もうどの部屋でもいいかと眠気にとらわれかけた柳井は頷いた。

エレベーターのないホテルの階段を、自分の部屋より一つ上の階まで連れられてゆく。沖が取ったツインの部屋は、柳井のシングルよりはまだ若干余裕があった。

「将宗君、何か飲み物は？」

尋ねられたが、答える気力もない。喉《のど》は渇いているけれど…、と柳井はスーツの上着とネクタイを取って手前のベッドの上に投げ出し、自分は窓側の空いたベッドの上に腰を下ろした。

沖の顔を見て気がゆるんだのか、急速な眠気がやってくる。時差ボケ特有の、まるで足の先から床に引きずり込まれるような、凄まじいほどの眠気だった。

薬でも盛られたかのように、ぐらりと視界が揺らぐ。

「とりあえず、水でいい？」

沖はサイドテーブルの上に置いてあった、ミネラルウォーターのボトルを手渡してくれる。

柳井が何とかそれに口をつけ、飲み下す。その間に沖は身をかがめ、かいがいしく靴を脱がしてくれる。

「朝になったら起こしてください、…必ずですよ」

言いながら、柳井はずるずるとベッドの上にくずおれる。瞼《まぶた》が勝手に落ちてくる。かろうじて途中で飲みかけのボトルのふたを閉めたが、それをテーブルの上に戻す力はなかった。

「ひどいな、シャツが皺《しわ》になるよ」

聞いていてうっとりするような気持ちのいい声が笑いを含み、抱えていたボトルを取り上げた。

この声が好きだと、眠気に囚《とら》われかけた柳井は思う。聞いているだけで安心できるのに、同時に官能もくすぐられる。

「シャツは…ここに置いて…から…」

甘い声が何か言っているが、もう頭の中にろくに入ってこない。

シャツのボタンが開かれ、母親がするような手つきで身体をやわらかく開かれたと思ったが、柳井はそのまま意識を手放した。

Ⅱ

温かな濡《ぬ》れタオルが目許にあてがわれたかと思うと、ふわりと甘いオレンジの香りがした。

その濡れタオルの心地よさとオレンジの香りに、柳井はゆっくりと意識を覚醒させてゆく。

タオルの下、目を閉ざしていても、気持ちよく目が覚めてゆくのがわかった。

「おはよう、ずいぶんよく寝てたね」

夕食も取らずに…、と低くやさしい声がすぐ近くでささやく。

「…沖さん？」

この男はいつも起き抜けはやさしい…、と柳井は温かなタオルをあてがってくれている男の手にそっと指を伸ばす。

「うん、そろそろ起きない？　八時半だよ」

時間を聞いて、柳井はタオルの下でゆっくりと目を開ける。

「…ここ？」

そっとずらしたタオルの下から、沖の部屋でも自分の寝室でもない、見慣れぬ天井を見上げ、しばらく考える。

「ロンドンのホテルだよ。ハイドパークの近く」

沖の声にふと意識が戻る。

「やぁ、もうクマもなくなったね。十二時間ぐらい寝てたから、さすがに消えるか」

嬉《うれ》しそうな声に、柳井はむっと眉を寄せて身を起こす。

「…あなたという人は」

思った以上に男の整った顔はすぐ近くにあった。すでに胸許のゆったり開いたカットソーとデニムに着替えている。

かたや自分は…、と柳井は今さらのように気づいた。昨日、沖が服を脱がせてくれたらしく、Tシャツと下着だけというみっともない格好だ。

目の下の黒いクマといい、この間抜けな格好といい、なんとだらしなく不様《ぶざま》な姿を晒してしまったことかと、柳井は赤くなったり青くなったりしながら濡れタオルで顔を覆い直し、再びベッドに倒れ込む。

夕食はとにかく、丸一日以上シャワーすら浴びていないのに、この男の前でのうのうと寝顔をさらしていたなどと考えると、気が変になりそうだった。

やはり、誘われるままにのこのこと沖の部屋へやってきて眠り込んだ自分は、時差ボケと睡眠不足で判断力が相当に鈍っていたに違いない。

「そろそろ、朝ご飯を食べに行こうよ。イギリスに来て、朝食を食べないと一日損をするよ」

美学に反する、と呻《うめ》く柳井に、沖は楽しそうな声をかけてくる。

「十五分ほど待ってください、支度しますから」

タオルで目許を拭《ぬぐ》いながら答えた柳井は、鼻先をくすぐるオレンジの心地よい香りを不思議に思った。

「このオレンジの香りは？」

「ああ、隣のドラッグストアでアロマオイルを買ってきたんだ。起き抜けに悪くないかなと思って。夜はラベンダー。朝はオレンジ。時差ボケには、この二つのアロマがいいらしい」

こんな気の巡らしかたがいかにもこの男らしい。そして自分は、沖がドラッグストアに行って、帰ってきたことすら気づかなかったのかと、素直でない柳井は苦し紛れの憎まれ口を叩く。

「ずいぶん、女性的なことにお詳しいですね」

「私のクリニックは八割以上が女性客だからね。前に来た時、アロマオイルを焚《た》いてあったのに気づかなかった？」

　確かにあの時、独特の爽快感と深みのある香りがしていたと柳井は思い出す。甘過ぎもせず、鼻につくわけでもない、気持ちのいい香りだった。

「あれは、うちのクリニック用に専門のアロマセラピストに頼んでブレンドしてもらってるんだよね。それで、いくつか教えてもらったんだ」

　まぁ、間違いなくそのアロマセラピストとやらは女性なのだろうなと、柳井は冷めた思いで考える。そのアロマセラピストが特別に親切なのか、沖が相手にある種の関心を抱いているのかは知らないが、この男が女性には不自由ないことは間違いない。

「はい、プレゼント。マグカップにお湯を張って、数滴オイルを垂らすだけでも簡単に楽しめるらしいよ。お風呂に入れてもいいしね」

　沖はサイドテーブルの上から、二つの小さなアロマオイルのボトルを取って手渡してくる。オーガニックと書いてあるので、それなりにものはいいのだろう。香りも自然で悪くないと、柳井は手渡されたタオルに顔を半ば隠す。

　今は起き抜けの目が腫《は》れていないか、みっともなく髭が伸びたりしていないか、そっちの方が気になった。

「心配しなくても、君は十分魅力的だよ」

そんな柳井の気持ちを見抜いたかのように、男はぬけぬけと言ってのける。気のまわりすぎる男も考えものだ。

「あなたっていう人は…」

呆れながらも、柳井は了解を得てシャワーを借りた。

昨日、沖が脱がしてハンガーに掛けておいてくれたシャツとスーツに袖を通し直す。眼鏡とネクタイはせず、髪だけラフにセットする。

そして、ホテルの斜め前にある店へと向かった。

テーブル席で朝食メニューを頼み、柳井は気になっていたことを尋ねる。

「いつからロンドンへ？」

「君と一緒の飛行機で」

沖はずいぶん楽しげに答えた。

「…機内にいましたっけ？」

エコノミーシート全部を眺めたわけではないが、背も高いし、目立つ男なのでいればそれなりに気づきそうなものだ。それとも、柳井が知らないだけで、どこか死角になるようなシートから見られていたのだろうか。

「うん、ビジネスクラスにね」

柳井は顔を歪めた。

「ビジネス!?　ビジネスクラスで、このロンドンまで？」

自分は周囲の客とまずい食事に悩まされて、十二時間を拷問のような思いで過ごしたというのにと、聞いているだけでむかっ腹が立ってくる。

「何かイギリスで、お仕事でも？」

「だから、君に会いに。でも、君、飛行機の中で顔を合わせたら、逃げ出しかねないだろう？　何のためにイギリスに行くのかなって、興味もあったし」

「あなた、暇なんですか？　クリニックもあるっていうのに」

「ああ、大変だったよ。君がイギリスに行くってわかってから、慌てて兄や友人に代診を頼んで休みを取ったんだ。ずいぶん、高くつきそうだよ」

そういえば以前、銀行員と医者だという二人の兄がいると言っていただろうか。

いや、そういう問題ではないと、柳井は思い直す。

「僕が横の男性の派手ないびきと、前の無遠慮なアジア系の若い女と、味覚音痴《おんち》になりそうなまずい機内食のせいで、ほとんど眠れなかったっていうのに、ビジネスクラスで？」

信じられない、と柳井は額を押さえる。

「言ってくれれば、一緒に予約を取ったのに。今はフルフラットシートだから、ビジネスクラスでもそれなりに寝やすいよ。半コンパートメントシステムっていうのかな。もちろん、ファーストクラスほどの快適さはないだろうけど」

聞いているだけでイライラしてくると、柳井は眉を寄せる。

「もう喋《しゃべ》らないでください、不愉快なだけですから」

形成美容外科とはいえ、沖が自分の腕だけでそれだけの収入を得ていることはわかっている。

しかし、その懐を一過性であてにするならとにかく、常にあてにするような真似はしたくない。

それでは、ただのヒモや男妾と変わりない存在になってしまう。それとも、この男はこれまで、つきあう相手にそうやって、ファーストクラスやビジネスクラスでの旅行をポンとプレゼントしてきたのだろうか。

もちろん、これだけ魅力的な男だ。容姿や収入にも恵まれている。放っておいても相手が群がり寄ってくる、引く手数多な男なのだろうが…。

口をつぐんだ柳井をどう思ったのか、沖はさっきまでのからかうような調子とは少しトーンを変え、詫《わ》びてきた。

「ごめん、嫌な思いをさせたね」

「別に…」

こんな風に率直に謝られてしまうと、拗《す》ねる自分が子供っぽい気がしてしまう。

普段はああいえばこうと、色々言い返せるのに、こんな時に限ってはうまくはぐらかす言葉も出てこない。思い立ってすぐにビジネスクラスでシートを押さえられない懐事情は、自分のせいだ。この男のせいではない。

ただ、素っ気ない言葉しか返せない柳井の機嫌を取るように、沖はテーブル越しに手を伸ばして柳井の手に指を重ねると、顔を覗き込んできた。

「このあと、今日の予定は？　ご飯を食べたら、ハイドパークに腹ごなしに散歩にでも行かない？」

「アンティークショップを見てまわりたいんですけど、少しぐらいならつきあってもいいですよ」

沖への譲歩を示すため、柳井は小さく口許を笑みの形に作った。

なぜかこの男の前では、どんどん表情を繕《つくろ》えなくなってきているが…。

すでに午前も十一時をまわったせいだろう。ポートベローのアンティークマーケットは、かなりの人で賑わっていた。

露店を横目に見ながら、沖が尋ねてくる。

「掘り出し物を探すなら、もっと早い時間の方がいいんじゃないの？」

「ええ、今日は寝過ごしました。本命は土曜の骨董市ですかね。四時半起きで行きます」

どちらにしろ今朝は時差ボケの影響もあって、どう足掻《あが》いても早朝には起きられなかった。本命は明後日の大きな骨董市だと柳井は答える。

この時間だと、露店はすでに観光客でごった返しているので、柳井は常設のアンティーク商が集まっているビルの中へと入った。

仄暗《ほのぐら》いビルの中でいくつかの店頭を眺め、柳井はその中のジュエリーをメインに扱っている店へと沖と共に足を踏み入れる。

百年を超えるアンティークものから、まだ百年に満たないアールデコ仕様のビンテージジュエリーなどを取りそろえた店だった。柳井はガラスのカウンターやキャビネットの中から、目を引いた十数点ほどを店主に頼んで取りだしてもらう。

『ディーラーかい？』

黒い別珍張りのトレイに並んだジュエリーを前に、柳井が十倍のルーペと懐中電灯を鞄から取りだすと店主が尋ねてくる。

『ええ』

『じゃあ、安くしとくよ』

『ありがとう』

柳井は店主が椅子《いす》を勧めてくれるのに腰を下ろした。そして、一点ずつを念入りにチェックしてゆく。ルーペでリングやネックレス、ペンダントトップなどの土台や石の様子を細かく見て、さらには石の色味や瑕《きず》、修復跡などを懐中電灯で照らすことによって確認する。

一通りジュエリーを眺め終えた柳井は、御手並拝見とばかりに腕を組み、後ろから楽しそうに覗き込んでいる男を見上げた。

「見ますか？」

「いいの？」

柳井が手にしていたルーペと懐中電灯とを手渡すと、沖は柳井ほどの時間をかけることなく、それでも一点ずつを眺めた。チェック後も男が特に何も言わないので、柳井はこれと思ったジュエリーを店主の前のトレイに置く。

『これとこれとこれ、…それにこの二つを』

ジュエリーを五つほど並べた柳井に、沖がふと尋ねてきた。

「欲しいのは本物？」

「ええ…、それはもちろん」

今一つ沖の言葉の意味がわからず、柳井は頷いた。

じゃあ…、と沖は中の赤いガーネットのついた指輪を一つ、元のトレイへと戻した。

『これはやめておこう』

店主は分厚い眼鏡越し、ちらりと沖を見やったが、黙って頷いた。

柳井は勘定を終えて店を出ると、沖と肩を並べる。

「あのガーネットの指輪は偽物でした？」

「うん、かなりよく出来た現代物《リプロダクション》じゃないかな。トルコかアルゼンチンの専門の職人が作ってるんだろう。中国やタイの粗悪品とはクオリティが違う」

「リプロダクションには気をつけてるつもりですけど」

「多分、作られたのは十年から十五年ぐらい前。だから、マーケットを巡る間に小傷がついて、よけいにそれらしく見える。相当腕利きの職人が作ってるんだね」

それなりに経験も積み、目も肥《こ》えたつもりでいたが、沖が言うのなら間違いないのだろう。

これがアンティーク市場の難しいところで、世界一と言えるこのイギリスのマーケットでも、今はリプロダクションが多く流れ込んでいる。

観光客向けの露店ではお土産代わりの安物が多いが、かといってこんな専門の店を構えた高級店では偽物を扱っていないのかというと、そうでもない。値段が高いから本物とも限らない。

それがマーケットの不思議なところでもある。

「でも、あのエドワード朝《エドワーディアン》のルビーとダイヤモンドクロスは、とてもいい品だと思うよ。趣味がいいなって思ってたんだ」

沖が誉《ほ》めてくれたのは、一番最初に柳井が店主の前のトレイへと移したクロスだ。職人が糸鋸《いとのこ》で一つ一つ切り抜いた精密な透かし細工に、ルビーとダイヤをミル留めでセットしてある。とても手の込んだ、気の遠くなるような慎重な作業の末に出来上がった一級品だった。柳井が今の店で、最初にウィンドウ越しに目を留めた品でもある。

「さて、昼食はどうする？　まだ、他にも店を見る？」

せっかくイギリスまで足を運んだのだ。沖と歩くのは悪くないが、仕入れもある。さすがにあまりジュエリー関係ばかり大量に買い込むと、単なる趣味や道楽の範囲を超えていることを見透かされるだろうと、柳井は沖を横目に見る。

「昼食は取るつもりですが、もう少し他にも見てみたいものがあるので」

曖昧《あいまい》に言葉を濁すと、じゃあ…、と沖は人で賑わう通りを振り返る。

「せっかくだから、私も少しこの界隈《かいわい》を見てくるよ。その前にピアディーナでも食べない？」

「ピアディーナ？」

沖が指差す先には、イタリアンと書いた屋台が出ている。鉄板の上で、丸く広げた薄い生地の中に色々トッピングして、半分に折った上で両面を焼いているようだ。

「初めて見ました」

香りも見た目も悪くなく、食欲をそそる。朝食をしっかり取ったが、その後にハイドパークを歩いたせいだろう。

「ピザをトルティーヤみたいにした感じかな？　イタリア、ロマーニャ地方の郷土料理だよ。ピザよりも歴史のある、無発酵パンみたいなものだね。中に色々巻いてあって美味《おい》しいよ」

「確かに美味しそう」

日本の上品な料理とは異なり、海外ならではの大胆な具材の載せ方だが、溶けたチーズの香りも合わさって惹《ひ》かれる。

「将宗君、立ち食いは平気なの？」

「こんな場所ですし、まぁ」

屋台で立ち食いした経験などほとんどないが、海外に来て開放的な気分もあるのだろう。他を見てみたいと言ったら、機転を利かせてさっさと別行動を提案してくれた沖の腹ごしらえに、少しはつきあってやりたいという気持ちもあった。

「チキンと生ハム、どっちがいい？」

「生ハム…かな」

「待ってて」

沖は身を翻《ひるがえ》すと、さっと注文に行く。屋台で注文しているなと思うと、店員が鉄板の上に生地を広げ、オニオンやチーズ、マッシュルームと載せたところで、何か言って立ち去ってしまう。どこへ行くのかとその背を目で追うと、通りを渡って斜め向かいのスタンドショップでコーヒーとフルーツをたっぷりトッピングしたクリーム系のデザートカップを手に戻ってくる。

ちょうど鉄板の上では生地の上のチーズが溶けかかり、そこにルッコラとスライスしたトマトがどんと盛られる。さらに生ハムが惜しげもなく広げられ、生地が半分に折られた。それをコテで押さえた後、もう半分もひっくり返して焼かれる。

大胆な調理っぷりに、自然と笑みも洩《も》れた。出来上がった大きなピアディーナを油紙に包んでもらった沖が、ゆうゆうと帰ってくる。

「あなたとは食べてばかりですね」

「君とは食べ物に関する趣味は合うからね。しかも楽しい」

つかみどころのない男は、コーヒーとデザートカップを柳井に手渡しながら楽しそうに笑う。

さすがに、コーヒーもデザートカップもすべて持って食べるというのは厳しいので、小さな運河縁《うんがべり》に下り、その縁に座った。

ずっしりと重みのあるピアディーナは、パニーニよりもかりっと香ばしく、溶けたチーズと生ハムの塩気、そしてルッコラの爽やかさが美味しい。

運河を眺めながら、手の平よりも大きなピアディーナを半分ずつ分け合い、さらにデザートカップを分けあうのはずいぶん楽しかった。

だが…、と柳井は不思議に思って尋ねてみる。

「クリニックって、そんなに長く休めるんですか？　手術の予定とかあるんでしょう？」

「あるけど、そんな一分一秒を争う外科手術とは違うからね」

「確かにそうでしょうけど」

目を大きくしたり、鼻を高くしたりというのが、明日明後日にでもしなければならない手術には思えないと、柳井はオレンジとチョコナッツのクリームを堪能しながら肩をすくめる。

普段なら考えられないほど高カロリーな組み合わせだが、旅先だと少しぐらいはいいかと思った。

そんな柳井の仕種をどう思ったのか、沖はコーヒーを片手に微笑む。

「美容整形っていうのはね、ある意味、心のケアでもあるんだよ」

「心？」

「最初に言っただろう？　正式には形成外科って言うんだ。第一次世界大戦時には戦争の機械化で多くの兵士が顔面損傷を負ってね、それが負傷兵に思わぬほど大きな心の傷を与えた。顎《あご》がない、鼻がない…、そういう状態の人間に向けられる好奇や侮蔑《ぶべつ》の目…、鏡を見れば顔が半分ない、恐ろしい自分の姿が映る、それが一生涯続いてしまう。毎朝、毎日のことだ。そのために心まで病んでしまう兵士が後を絶たなかった。だから、その傷を少しでもやわらげるため、失った顔を出来るだけ修復しようという目的で確立された外科だ」

「それは前にも聞きましたが…」

　エテルネルの展示室で弥勒菩薩《みろくぼさつ》像を前に、沖は形成外科云々を語っていた。あの時は、今、そんなことを悠長に説明している暇などあるのかと呆れた。

「うん、顔を損傷した人間っていうのは、多くは心にも深い傷を負う…、そう説明しただろう？　それは今も同じだよ。自分に自信のある人間は、美容整形なんかに興味を持たない。多かれ少なかれ、美容整形手術を受けようという人間は、自分にコンプレックスがあるんじゃないかな」

「それはそうでしょうけど…」

　確かに胸を大きくだの、鼻を高くだのというのは、自分の顔や体型が人より劣《おと》ると思っての手術だろう。

「言い換えればね、多少、顔形が人より劣っていても、自分が幸せだと思っている人間は手術なんか受けようとは思わないんだよ。顔の痣《あざ》を消したら憂《うれ》いも消えて、ぱっと表情の明るくなる女性のような例ばかりだと、こちらも人助けできたと素直に思えるんだけどね。根本的なところで自分に自信がないと、もっと美しくなりたいと手術を繰り返す人も少なくない」

「繰り返す？」

「うん、こんなに魅力的なのに…って思うような人が、人より自分が劣っているという思い込みから、手術を受けに来る。しかも、何度も何度も手術を繰り返したりする。本当は手術よりも先に、自分の心を満たすことを懸命に考えてあげればいいのにって、よくそう思う」

予想外の沖の言葉に、柳井は目を見張る。

「日本では『美容外科医』を名乗るのに、特にこれっていう免許は必要じゃないんだ。医師の資格さえあれば、誰でも美容外科を開ける」

「それって…」

ずいぶん恐ろしいことではないのかと、柳井は口ごもる。

「最初は私も大学病院の形成外科にいたんだけど、いい加減な美容外科でずさんな手術を受けて、それこそ取り返しのつかないような状態で泣きながらやってくる患者さんがけっこうな数いてね。そんな患者さんを引き受けて治し続けるのもありなんだろうけど、どうせならそうなる前に心のケアも兼ねて、自分が美容外科をやってみようかと思った」

むろん、手っ取り早く綺麗になりたいっていう、安易なダイエット感覚の人も来ちゃうんだけどね、と沖は苦笑する。

「最初から形成外科医を目指してたんですか？」

「いや、別に手先の器用さをいかせて、そこそこ社会的信用のある職業だったら何でもよかったんだけどね」

ほら、と沖は大きいが指の長い、いつも信じられないほど器用に動く手を広げてみせる。

「手先は器用なんだよ、子供の頃から。うちの祖父《じい》さんに仕込まれたからね」

「仕込む？」

「そう、一子相伝だって言っただろう？」

沖は笑っている。どこまで信じていいのかは知らないが、確かに十三代目左衛門之丞だなどと言っていた。

「仕込んだのは、お父様じゃないんですか？」

沖はやわらかく目を細めた。

「『お父様』か…、君のそんな上品さが好きだな」

「はぐらかさないでください」

男の視線のやさしさに逆にときめいた自分が恥ずかしくて、柳井は思わず沖の手に手をかけた。

「私の父は肝が小さいと、祖父の眼鏡にかなわなかったらしい。まぁ、それは表向きの理由で…」

沖は屈託なく笑う。

「昔は弱きを助け、強きを挫く存在っていうのは広く受け入れられてきた。歌舞伎や映画でも、人気の主人公の一人だ。ただ、時代が昔では考えられないほどに目まぐるしく移る中、祖父はこれから先も、『義賊』というお題目の名の泥棒っていう存在が、世間的に必要とされているのかと訝っていたようだ。その一方で、これまで伝えられた技術をすべて自分の代で終わらせるのは惜しいと考えていたんじゃないかな。だから、父には教えず、まっとうな職に就《つ》くことを勧めた。そして、孫の中でも末子の私を遊び半分で選んで、仕込んだんだろう」

それ以外にも、人間的な魅力や頭の回転の速さ、肝の据《す》わり方、器用さなどが関係したのではないかと思ったが、柳井はそれを沖の前で素直に認めることはできない。

ただ、沖を後継に選んだという祖父の目の確かさは、わかる気がした。

さて…、と沖は空いたカップなどをひとまとめにして立ち上がる。

「また、ディナーの前に待ち合わせでいい？」

運河を上がって、再び通りに戻りながら沖は尋ねてくる。

「待ち合わせって、勝手に決めないでください」

「シーフードはどう？　嫌いじゃないよね？」

「嫌いではありませんが…」

「よければ予約を入れておくよ。五時半にまたここでね」

じゃあ、と沖は柳井の返事も聞かず、あれだけの長身のくせに、信じられないほどあっという間に人の波に紛れてしまった。

沖が予約を入れておいたという店は、ウェストフィールドにあった。シーフードメインのフレンチレストランで、ガラス張りの明るい店内だった。

賑わう店内でも、テーブルの間を仕切るように置かれた背の高い観葉植物が、ほどよく視線も遮《さえぎ》る。見た目の高級感よりも、手頃な値段も悪くない。

沖の勧めでオイスターやムール貝、シュリンプに加えてロブスターの盛り合わせを頼み、予想外の美味しさに舌鼓《したつづみ》を打つ。

白ワインを片手にたっぷりと料理を満喫した頃、沖がかたわらに置いていた紙袋から二十センチほどの箱を取りだした。リボンのかかった箱を、男は楽しげに差し出してくる。

「何です？」

今さら…、と指先をおしぼりで拭った柳井は箱を前に首をかしげる。

「開けてみて。面白いものを見つけたから、プレゼント」

包みを開けると、箱の中からは紺のベルベットの上に納まった、十センチ弱ほどの緑色の卵が現れる。卵は蔓《つる》状の金と、それに散りばめられたダイヤで美しく飾られていた。

この手の込んだ細工の卵は…、と柳井は目を見張る。

「インペリアル・イースター・エッグ？」

ロシアのロマノフ朝のアレクサンドル三世、そしてロシア最後の皇帝でもあるニコライ二世が家族に贈るため、宝石商のファベルジェに作らせた美しい細工のイースターエッグだった。そのほとんどに写真やオルゴール、自動人形といった、「サプライズ」と呼ばれる手の込んだ仕掛けがあることでも有名だ。

オークションでは十億円もの値段で取引されることもあるし、手の込んだ贋作《がんさく》も多く出まわっている。

沖は肩をすくめた。

「もちろん、レプリカだよ」

それはわかるが…、と柳井は箱から緑色の卵を取りだしてみる。

レプリカといわれたが、この深緑色に赤い斑点《はんてん》の飛ぶ石は間違いなくブラッドストーンと呼ばれる本物の碧玉《へきぎょく》だ。イエス・キリストの血が地面に滴《したた》った時に出来た石とも言われ、アクセサリーの他、魔除けとしてよく教会などで飾りに使われている。

散りばめられたダイヤはイミテーションダイヤだが、卵を飾る金はメッキなどではなく本物だ。

サイズ的には、本物のインペリアル・イースター・エッグよりは一回りほど小ぶりなのだろうか。

「…アゾフ号?」

共に箱の中に納められたプレートを見なくてもわかった。

「そう、『巡洋艦アゾフ号』のインペリアル・イースター・エッグだね」

本物はモスクワのクレムリン美術館にある逸品だ。

「開けてもいい？」

「もちろん」

中を開けると、青い海に浮かぶ金色の船の精緻な模型が中から出てくる。ニコライ二世が世界一周に使った巡洋艦アゾフ号だ。

その出来映えもさることながら、金色の巡洋艦が浮かぶアクアマリンの色味も美しい。

「あまりによく出来てるので、気に入ってしまった」

「ああ、わかります」

単なるレプリカではない。また、このサイズや添えられたプレートを見れば、ファベルジェ作と称しているわけでもないこともわかる。ダイヤこそイミテーションだが、作り手がかなりの情熱と愛情を持って作り上げている事がわかる、オマージュ的な作品に近い。

「…すごく綺麗」

柳井はうっとりと船を手の上に取り、眺めてみる。

家に飾るには、十分なレプリカだった。これは自分の机の上に飾ってみたい。

「プレゼントって、こんな…」

レプリカであっても、手の込んでいる分、それなりに値段はするはずだ。

前に弥勒菩薩像をぽんと柳井の家に置いていった時もそうだったが、この男は美術品そのものに対する執着はないのだろうか。

本物を見極める目は、自分よりもさらに上のようだが…、と柳井はわずかに眉を寄せ、沖を見る。

「こんな高価な物…、あなたの手許に置こうとは思わないんですか？」

「私はそれを愛《め》でる君を眺めているのが、一番楽しいかな」

あいかわらずどこまでが本気とも言えない言葉と共に、沖はにっこりと笑ってみせた。


ディナーを終えてレストランを出た柳井は、肩を並べて歩く沖を見上げた。

「今晩も、私の部屋に来る？」

いいえ、と柳井は首を横に振る。

「このあと、人に会う約束があるんです」

「今から？」

沖は腕の時計に目を落とす。

「何、大事な約束？」

「ええ、昔の友達です」

沖は悪戯《いたずら》っぽい目を見せた。

「妬《や》けるな。私もついていっていい？」

「それはダメ。そういう関係の相手じゃないですから」

柳井はタクシーを止めるべく、手を上げる。

「そうなの？　じゃあ、おとなしくホテルで待ってるよ」

笑顔で手を振る男に柳井も手を振り返し、タクシーに乗り込んだ。時刻は七時半、腕の時計を確認し、柳井はタクシーを見送る男をミラー越しに確認した。

その後、タクシーの中でネクタイを締め、スクエアフレームの眼鏡をかけ直す。ついで、取り出した櫛で昨日のように髪を堅苦しく撫でつけた。タクシー運転手がちらりとこちらを眺めたが、客のプライベートには興味がないのか、特に何を言うでもない。

沖は飛行機から柳井と同じだったと言っていた。いったいどこまでを知っているのだろうかと、柳井は櫛を提げていた鞄にしまう。

昨日は蒲生田のホテルを突き止めて、タクシーで帰ってきたところで声をかけられたが、同じホテルのツインルームを押さえるぐらいだ。もしかして…、と柳井は目を伏せる。

昨日、オークションハウスにいたことも知っているのだろうか。

あんなに体格がいいくせに、足音一つなく、気配すら感じさせずに人の背後に立つことのできる男だ。しかも、昨日の柳井はずいぶん疲れていた。

オークションハウスに赴《おもむ》いた時にも行くのがやっとの状態で、ろくに注意も払っていなかった。沖がロンドンまでやってきているとは考えもしていなかったから、自分がつけられているなどとは思ってもみなかった。

加えて、あの下見会場の人混みだ。蒲生田が柳井に気づかなかったのと同様に、気配を殺した、あるいは軽く変装した沖につけられていても、わからなかっただろう。

ならば、蒲生田をホテルまで追った柳井の動きも知っているかもしれない…、と目を伏せたところで、運転手が車を停めた。

言ったとおりの番地に正確に着いている。ロンドンでも、ギャラリーが多く集まる一角だった。柳井は支払いを終えると、車を降りる。

柳井が向かったのは、ある間口の狭いギャラリーだった。すでに店にはクローズの看板が出ていたが、呼び鈴を鳴らすと中から扉が開く。

顔を出したのは、トルコ系の顔立ちを持つ中年の男だった。

『こんばんは、お約束していたタナカです』

柳井は英語で偽名を名乗り、日本ではそれなりに名のある某オークション会社のマネージャーの肩書きのついた名刺を手渡す。

『お願いしていたものを、見せていただけるとの話だったので』

『デルヤだ』

名刺を受け取ると、中年男は扉を開いて中へと促す。この男がギャラリーのオーナーだった。

『こっちだ』

男は暗い店の中を通ると、奥の部屋へと通す。

ギャラリーの奥は絵の修復室も兼ねたアトリエになっていた。いくつもの額やキャンバスが置かれ、机の上には専門道具を入れた引き出しが積み上がっている。

中には髪が白くなった老人が二人、コーヒーを飲みながら話していた。かたわらには食べかけのテイクアウトの中華料理の容器がある。こんな時間まで職人が残っているのは珍しいが、急ぎで作業中なのか。

二人共、絵具のついた汚れたエプロンを掛けているところを見ると、この二人が職人なのだろう。

『こんばんは、お食事中に申し訳ない』

柳井の挨拶に一人は座ったまま会釈し、もう一人は立ち上がって手を差し出してくるので、握手で応じる。

『例のものは？』

尋ねると、デルヤはさらにアトリエの奥の部屋の扉を開いた。

明かりをつけると、まさに昨日、柳井がオークションの下見会場で見たウォーターハウスのグィネヴィア妃とランスロットの絵が現れる。

ほう…、と思わず柳井は唸《うな》った。

『こいつだ、この絵だ』

デルヤは隣室のテーブルの上から分厚いオークションカタログを開き、絵が掲載されたページを見せる。

カタログページと並べてみても、見事な出来映えだった。職人の腕のせいか、昨日、今日描かれた絵にはとても見えない。

さらにデルヤは、壁のスイッチを操作して、もっとも自然光に近いといわれているフルスペクトラムライトを点けてみせる。

『本物の太陽の下で見ても、わからないさ』

デルヤの言い分に、握手を求めてきた方の職人が部屋を覗き、笑った。

『このカタログで出来上がってはいたが、本物の色味は昨日、今日の下見会でこの目に焼きつけてきた。ウォーターハウスの好みの色使いっていうのがあるんだ。多分、本物と見分けられる人間はほとんどいないと思うよ』

近くで見てみろと促され、柳井は絵をしみじみ眺めてみる。

『彼はウォーターハウスの修復を何点か手がけたことがある。ウォーターハウスのプロだ』

デルヤの説明に、職人は笑った。確かに腕利きの職人なのだろう。

美しい絵だ。非常によく出来ている。

ただ、やはり本物のような、時の流れを忘れさせてしまうほどの不思議な吸引力はない。

それが一番わかりやすい、本物と贋作との違いでもある。それでも、やはりよく出来た絵だ。間違いなく人はこの絵の前で足を止めるし、目を奪われる。

『なるほど、素晴らしい出来です。ぜひ、お願いしたい』

柳井が頷いたところに、表の呼び鈴が鳴った。

トルコ人オーナーはちらりと表に目をやったが、何でもないようにそれを無視した。

しかし、呼び鈴は執拗《しつよう》に鳴らされる。それに加えて、何度かドアが派手にノックされ、ハロー、ハロー…、と大声で呼びかけてくる。

デルヤは舌打ちすると首を何度か横に振り、ギャラリーの方へと出ていった。

柳井も不審な来訪者を訝しみ、ちらりとアトリエ越しに表の様子を窺った。

『今日はもう、店を閉めたぞ！』

デルヤの叫びに、相手は叫び返す。

『ここに日本人がいるだろう。彼に用だ！』

そう言ってまた何度となくドアをノックする相手に、柳井は眉を寄せた。

叫び声だが、このよく通る声は…。

デルヤはチェーン越しに相手を確認しようとしたらしい。鍵を開ける音がすると同時に、何かが弾け飛ぶ音がして、デルヤの悲鳴が上がった。

『やあ、お邪魔するよ』

ドアを開いて踏み込んでくるその声は英語だったが、柳井にはあえて確認するまでもなく、すぐにそれが誰なのかわかった。

デルヤが後ろから何か怒鳴っているが、相手はいっこうに介した風もなく、柳井らのいるアトリエへとひょいと顔を覗かせた。

『こんばんは、紳士諸君。お騒がせして申し訳ない。私の友人に用があってね』

沖はにこやかに職人二人に挨拶すると、ついで柳井に目を向けてくる。

「昔の友達に会うって言ってなかった？」

柳井は溜息《ためいき》をつき、腕組みをする。眼鏡をかけ、ご丁寧に髪を撫でつけてまで変装しているわけを、おそらくこの男は察しているに違いない。

「どうしてここに？」

さっき、タクシーを見送る姿をミラーできっちり確認したというのに…、と柳井は低く尋ねる。やはりこの男は、油断ならない。

沖は笑うと、アトリエを横切り、トンと柳井のスーツの胸ポケットを叩いてくる。

不審に思って柳井が胸ポケットを探ると、小さなボタン状のGPS発信器が入れられている。いつの間にこんなものを…、と唇を嚙《か》む間に、沖は柳井の肩越しにアトリエ奥の部屋をさっさと覗いてしまう。

「ウォータハウスのランスロットとグィネヴィア妃だね。…将宗君、どうして今、競売前のこの絵に興味があるのかな？」

むろん、本物でないことはひと目で見て取ってのことだろう。沖はこれまで聞いたことのない不穏な声を出す。

『誰なんだ、お前は!?』

わめくデルヤに、沖は冷ややかな目を向けた。

『彼の友人でね。表のチェーンを壊してしまったことに関しては、非常に申し訳ない。弁償しよう。いくらになるかな』

沖の体格と漂わせる物騒な雰囲気に、敵にまわすとまずいと思ったのか、それでもデルヤはチェーンの修理代としてはかなり多めの千五百ポンドだと答えた。日本円にして三十万円ほどだろうか。

『ずいぶん高い修理代だね』

言いながらも、沖はジャケットのポケットから小切手を取りだし、デルヤの言った額をそのままさらさらと記入する。

『支払先は、ここのギャラリーでいい？』

『ギャラリー・ハウザー・ワース。アフメト・デルヤだ』

したたかなデルヤの言う綴《つづ》りを、そのまま沖は書き綴ってゆく。

沖がおとなしくチェーン代を賠償する様子を見せるため、一応、腹はおさまったのか、デルヤは差し出されたその小切手を黙って受け取った。

ただ、柳井が目を走らせたその小切手は、もちろん沖の名前のものではない。

この分だと、別名義で持っている口座の小切手なのか。小切手帳そのものはいくらか使われた形跡があるので、口座そのものは生きているようだ。カード社会、小切手社会のイギリスでも足のつくような真似はしないあたり、徹底している。

「さて」

柳井が黙って沖とデルヤとのやりとりを見ていると、小切手帳を改めて胸ポケットにしまい、沖がこちらに向き直る。

あいかわらず物騒な気配はそのまま、男はニヤリと笑って柳井に近づいてくる。何をされるのかと身構えた柳井へと腕を伸ばしたかと思うと、沖は柳井の身体をひょいと肩に担《かつ》ぎ上げた。

ぐるりと視界が反転し、柳井は思わず叫び声を上げる。

「ちょっと！　何するんです⁉」

そこまで軽々と男に担ぎ上げられるとは思わず、柳井は幾度も男の肩や背中を拳でぶつ。

あまりに屈辱的な姿勢に膝《ひざ》で蹴りでも入れてやろうと思ったが、ぐっと膝のあたりを抱え込んだ沖の腕の力は信じられないぐらいに強いもので、腰から下は満足に動かすこともできない。

「放せ！」

暴れる柳井の顔から、眼鏡が落ちるのもかまわず、沖は置いてあった柳井の鞄を取り上げると、呆気にとられたデルヤを振り返った。

『私の友人は、少しおいたが過ぎてしまってね。夜分に申し訳ない。ご迷惑だろうから、これで失礼するよ』

その…、と沖はランスロットとグィネヴィア妃の絵を指差す。

『今回、彼は残念ながらその絵とは縁がなかったが、ウォーターハウスの作品としては非常にいい出来上がりだ。すぐに買い手がつくだろう』

沖はそれだけを言い捨てると、柳井を抱えたまま、ゆうゆうとアトリエを出る。

表の暗いギャラリーを出ようとした時、老職人の一人がミスター、と後ろから呼びかけてきた。

『落とし物だよ』

柳井の落とした眼鏡を差し出してきたのは、ウォーターハウスの修復を手がけたという職人の方だった。

『どうも、ありがとう』

沖は柳井を担いでいるとは思えないような朗らかな声で丁寧な礼を述べ、眼鏡を受け取り、その眼鏡を自分でかけてしまう。

おやすみなさい《グッド・ナイト》、と沖は老人に手を振り、静かな通りを歩き始める。画廊ばかりが集まった一角なので、すでに通りに人影はほとんどない。

ない上に、こんな風に肩に担がれているところを見ても、酔っ払いか何かだと思われ、まともに関わり合いになってくる人間はいないだろう。

「勝手な真似を！　放せ！」

荷物のように担がれた柳井はわめく。しかし、ずっと頭を下に担がれていたので、血が上って視界はグラグラしていた。これ以上、頭を下にされていると気が遠くなりそうだった。

それをいきなり、何の前置きもなくどさっと乱暴に降ろされる。思わずふらついたところを、沖に二の腕をつかまれて立たされる。

「最低だ！　あなた」

ふらついたところを支えられるのも癪《しゃく》で、柳井はなじった。

沖が入ってきたところから、あまりに呆気にとられて沖のペースにはまってしまっていたが、これではロンドンに来た目的を台無しにされたのも同じだ。

「最低でけっこう。君はどうなんだ？」

「これは僕の仕事だ、あなたには関係のないことでしょう⁉」

「…仕事にしては、ずいぶん感心しないやり口だね」

沖はようやく声のトーンを元のように戻したが、それでもまだその声の奥にはいつもより得体の知れないものが潜んでいる。

苛立《いらだ》ちから柳井はつかまれた腕を振り払おうとしたが、まるで万力にでもつかまれているようで放せない。

その腕の力に、これまで何だかんだと言っても、軽トラックの中で腕を拘束されていた時以外は、この男に丁寧に扱われてきた柳井は暴れるのを思いとどまる。

「あの贋作をどうするつもりだ？」

「あなたには関係のないことでしょう？」

「かなり出来のいい贋作だったね。あのオークションにかけられるウォーターハウスのランスロットとグィネヴィア妃は、世に出てきて間もない絵だ。プロでも見分けがつくかどうか。よく捜し当てたものだ」

「蛇《じゃ》の道は蛇《へび》といいましてね」

柳井があえて悪びれた笑みを作ってみせると、沖は笑ってはいるものの、どこか得体の知れない表情で見下ろしてきた。

「蛇というほど、たいしてスレてもいないだろう？」

「どうだか」

柳井は唇をねじ曲げた。

沖は溜息をつくと、柳井の腕を引いて歩き出す。

「ちょっと、放してくださいよ！」

「いいから！」

沖はいつもよりも強い声で言い切ると、柳井の腕を引いたまま大通りに出て、タクシーを止める。

ドアを開け、中の運転手に向かってホテルの住所を告げるのに、柳井は顔を歪める。

「部屋でお説教？」

「そうだよ」

乗って、とタクシーに押し込まれ、柳井はそれ以上は逆らわずに乗り込んだ。いつもよりも沖が深刻な顔と声となったためだ。

自分にはずいぶんとかまいつけてくる男だが、下手に逆らって機嫌を損ねる気はない。普段は紳士的で穏やかだが、まだまだ得体の知れないところが多い男だ。本気で怒らせれば、恐ろしいだろう気がする。

沖との話をこじらせるよりも、今夜は従う振りでうまく言いくるめて、面倒だがあのギャラリーにはまた明日にでも足を運べばいいかと、柳井は算段する。

こんばんは《グッド・イブニング》と声をかけてくるフロントに、柳井の腕をつかんだ沖は顔だけにっこり笑うと、グッド・イブニングと返す。フロントの若い男は続けて、楽しんでね《ハブ・ア・ナイス・タイム》と声をかけてきた。

こんな奴にまで、ゲイのカップルか何かだと思われているのだろうかと半ば憤慨《ふんがい》しながら、柳井は沖に連れられ、あいかわらずの階段を三階の沖の部屋まで上がらされる。

沖は部屋の中に柳井を押し込むように入れると、この男にしては荒々しくドアを閉めた。

「何をしてくれるんですか!?」

部屋に入ってすぐのところで、柳井は叫ぶ。

「知ったような顔で、僕の周囲をひっかきまわさないでください！」

ヒステリックに叫ぶ柳井に、沖も着ていたジャケットを脱ぐと、いつもよりも乱暴な仕種でベッドの上に放り投げる。

「知らない仲じゃないからね」

どんと入り口から部屋の奥へと押し込まれ、よろめいた柳井は眉を跳ね上げる。体格差にものをいわせ、好き勝手に振る舞う相手には虫酸《むしず》が走る。

「じゃあ、僕がわざわざイギリスに来た理由もわかってるんでしょう!?　邪魔をするなって言ってるんだ！」

涼しい顔をして、と柳井は歯噛みする。

「そりゃ、こちとら、それなりの手間暇をかけてイギリスまで足を運んだんだ。邪魔もするさ」

「僕があなたに、ここまで来てくれって頼んだわけじゃありません！　あなたが勝手に来たんでしょう!?　いったい、何の権利があって！」

嚙みつく柳井にも、両腕を組んだ男は入り口に近い壁にもたれて低い声を出す。

「素人が贋作なんかに手を出すもんじゃないよ」

柳井は沖に気圧されないよう、精一杯声をふてぶてしく作る。

「それこそ、大きなお世話ですよ」

「火遊びで手を出す世界じゃないって言ってるんだ」

「火遊び!?　火遊びって何です？　確かにあなたみたいに百戦錬磨の得体の知れない人間のように、何もかも器用にはこなせないかもしれませんがね!?　子供の火遊び扱いされる筋合いもありません！」

柳井の言葉にも、沖は表情一つ変えない。

「わかってるのか？　下手をすれば、本気で闇《やみ》ブローカーの手先にされるぞ」

「…手先？」

「君みたいに少し綺麗な顔をした男は、身体も込みで駆け引きを持ちかける女達と同じ扱いにされるって言ってるんだ」

言われた意味はわかるが、その下衆な内容が不愉快で、柳井は細い眉を寄せた。

「女と同じ扱いって何です？」

「文字通りだよ。身体を使って相手を籠絡する、ハニートラップ担当のハニー役だよ」

柳井はエテルネルで、文字通り身体を使って沖を籠絡しようとしたことを言われているのかと、顔を歪める。

しかし、あれはあくまでも柳井の意思だ。目的のために、一時的に自分を餌《えさ》にしただけだ。その自分があえて、繋がりもない闇ブローカーに使われる意味がわからない。

「この僕が？」

はっ、と柳井は笑った。

「どうして、この僕がブローカーの手先なんかに？」

「逃げ切れると思ってるのか？　ああいった連中は、ヤクザやマフィア並みに質が悪いよ。むしろ、中身は同じだと思っておいた方がいい。美術品はアングラマネーの、絶好のロンダリング材料だからね。そのバックには魑魅魍魎《ちみもうりょう》みたいな連中が、手ぐすね引いて待ってるよ。不用意な贋作の購入は、どこで足が付くかわからない。納入先は都の西洋美術館だったっけ？」

沖の言葉に、結局はすべてを知っているのではないかと、柳井は唇を噛んで男を睨《にら》んだ。

この男はいつも色々を知っていて、柳井をひっかきまわしに来る。そのくせ、最初は何も知らないような顔をしてみせるのがなんとも神経に障る。

「色々、ご存じのようですね。ずいぶん、鼻が利くんだ？」

「君が追ってた三人組？　今、一番入札を有力視されている、都の西洋美術館の館長と学芸員だよね？」

柳井は頬を強張《こわば》らせる。沖の指摘に動揺したというよりも、むしろ、とっさに胸にこみ上げてきたのは、知られたくない過去に関して、すでに調べ上げられていることに対する憤りだった。

「そんなところに贋作を入れたとしれたら、後々どれだけ強請《ゆす》られると思う？」

柳井は半ば引きつった笑いを見せる。

「…強請る？」

「そうだ、闇ブローカーは贋作を扱うギャラリーや職人にツテがある。贋作を扱う専門の闇ディーラーならとにかく、素人が買い入れればすぐにその経路を探られる」

ずいぶん察しがいいとは思っていたが、やはりこの男は端からあのギャラリーが贋作も扱うと知って乗り込んできていたらしい。その場で贋作と見破ったのかと思っていたが、あのギャラリーそのものが陰でどういう商売をやっているのか、それすら知っていたのだ。

イギリスのアンティークマーケットの規模は、今も依然として世界一だ。しかし、世界的な不景気とアンティークの良品の枯渇により、その規模は縮小しつつある。

それはイギリスに限った話ではなく、世界的な傾向としてアンティークのマーケットそのものが、衰退しつつあった。

そして、残った数少ないアンティークを、資産として凄まじい勢いで買い漁《あさ》っているのが、国内不動産を資産として持つことの許されていない中国の富裕層だった。いざという時のために備えて、国内外の資産のほとんどを宝石や美術品に替えている。

そのため、従来、アンティークの目利きのディーラーだった人間や、アンティーク専門の腕のいい職人らが、食いつなぐために贋作作りに手を染める。それがさっきのようなギャラリーだ。

もとはアンティークそのものを買い入れたり、修繕していた人間達だ。ジュエリーにしても、絵画や彫刻などにしても、本物とほとんど見分けのつかないクオリティのものを仕上げてくる。

今日、ポートベローのマーケットで沖がリプロダクションだと見破ったリングは、トルコかアルゼンチンのものだろうということだったが、他にも東欧やこのアンティークマーケットの本場であるイギリスがクオリティの高いリプロダクションの産地となっていた。

沖はもちろん、そのことを十分に知っているのだろう。

「君など、多少、見た目をおとなしく作ってみても、やはりそれなりの物腰だとわかるからね。調べられたら、厄介なことになるよ」

「厄介って…」

「言っただろう? 君みたいな上玉、利用しない方がおかしい。姿形もよければ、毛並もいい。カモを釣る餌としてはうってつけだ。これと思った獲物は、薬漬けにしてでも思うように操ろうとする連中だからね、目をつけられたら最後だよ」

「…薬?」

柳井は眉を寄せる。

沖の言う薬は、覚醒剤やドラッグ、麻薬の類《たぐい》だろう。柳井が使うような、子供だましの睡眠薬とはわけが違うのは、沖のどこか哀れむような表情からわかる。人の尊厳や理性を奪い、人格を崩壊させ、最終的には廃人にするほどの、本物の薬物だ。用いられた人間は薬物欲しさに、壊れるまで組織の使い捨てとなるというのは、話には聞く。

柳井は急に息が浅くなるのを意識した。沖の前で突っ張っていたいのは山々だが、気がつけばいつのまにかすぐ背後にまでどす黒いものが忍び寄っていたような、恐怖にも似た感覚を覚えた。

「そうだ、脅《おど》すためには、使えるものは何でも使う。金、家族、職場…」

しかし、柳井にはそれらのしがらみともいうべき物が無い。それは沖にもわかっているのだろう。

男は言葉を続けた。

「…それがなければ、薬を使ってでも自分達の思うように操ろうとする」

沖はそのやり口を十分に知っているようだった。

むろん、紳士的な表の顔とは裏腹に、柳井よりははるかにこの道に長《た》けた男だ。闇ブローカーの存在を直接に知っていても不思議はないが…。

沖に素人と呼ばれた柳井は顎を跳ね上げ、あえて露悪的な顔を作った。

「今さら、失うものなど何もないですよ」

沖は両腕を組んだまま、しばらく柳井からは視線を逸らす。やがて、わずかに目を伏せると、溜息交じりに小さく首を横に振った。

「でも、私は君を失いたくないよ。君が今の君でなくなってしまうのも、誰かにいいように使われるのも、見たくないな。将宗君は今の将宗君だからこそ、魅力的なんだと思うよ」

やわらいだ沖の声に、柳井もかなり長い間黙り込む。

そして、虚勢を張っていた声のトーンを落とした。

「…僕のことなど、何も知らないくせに」

いや、むしろ知っているからこそ、この男は知ったような口を叩《たた》くのだとわかる。

「理由があって、国立博物館の主任学芸員を辞めたというのは知ってる」

蒲生田が都の西洋美術館の館長だと知っているぐらいだ。もちろん、蒲生田がかつて国立博物館で柳井の上司だったことも知っているだろう。

じゃあ…、と柳井はかすれた声で尋ねる。

「所蔵品を持ち出して、売り捌《さば》いたという話も？」

「さぁ？　他の博物館や美術館に、再就職できない理由があるとは聞いたけどね」

その言葉が本当かどうかは知らない。しかし、沖が直接的な言葉で柳井を追い詰めまいとしたのはわかる。この男なりのそんなやさしさも…。

柳井は小さく溜息をつくと、ベッドの上に腰を下ろした。

「コーヒー、飲む？　インスタントだけど」

黙って頷くと、沖はお湯を沸かす間にテーブルの上にサービスで置かれているショートブレッドを、ポンと柳井の方へと投げて寄越した。

おやつなのか、軽食のつもりなのか。今、これを口にするほどの食欲はないにしても、沖のこんな無造作な気遣いは好きだ。

「ラムは？」

「ラム？」

「イギリスはスコッチが有名だけど、高級ラムも悪くないんだよ。高級品でも安く手に入るしね。コーヒーに入れていい？」

いつの間に手に入れたのか、沖はラムのボトルを取りだしてくると、マグカップの中にいくらか落とす。

「これはロックで飲んでも美味《うま》いんだ。十五年ものでね、最上級のコニャックやブランデーと同等とされてる。なかなか日本には入ってこなくて、入ってきてもすぐに売り切れてしまう。今度、うちに飲みにおいでよ」

楽しげな沖の様子に、気の立っていた柳井も小さく笑ってしまう。

「あとは少しのシュガー」

これればかりは柳井の承諾を得ずに、沖はさっさと備え付けのスティックシュガーをカップの中に入れてしまう。

「コーヒーにラム酒？」

「そう、これにバターを入れるとコーヒー・グロッグになるけど、バターがないからミルクね」

細かいようで、けっこう大雑把な沖にコーヒー・グロッグもどきを渡され、柳井はおとなしく口をつける。

ラムの豊かな香りとコーヒーの香りが溶け合い、ミルクコーヒーのほんのりした甘みが今はずいぶん美味しく思えた。

「どうしても、あのウォーターハウスの贋作を西洋美術館につかませたいの？　確かにあれはかなりの出来映えだけど、レプリカのインペリアル・イースター・エッグを自宅に飾るのと、本物と偽った贋作を美術館に納入するのでは、まったく意味が違うよ」

　マグカップを手に沖は柳井の隣に腰を下ろす。

「…西洋美術館そのものがどうというわけではありません」

「じゃあ、あの西洋美術館のスタッフに、個人的な感情でもある？　昨日、来てた館長は、前に君の上司だった？」

　沖の問いに、柳井はカップを手に目を閉ざす。

「…ええ。…本当は、全部知ってるんでしょう？」

「なんとなく前後の流れで、君との間に何か確執《かくしつ》があるんだろうとは思うけれども、詳しくは知らないよ。できれば、人の口を伝わってねじ曲がった話よりも、君の口から本当のことを聞きたいしね」

　柳井は空いた手に、当時押しつけられたものの感触を思いだし、指先を震わせた。もう何年も前のことなのに、いまだに指先に残っている。

　思い出すと、時々指そのものを切り落としてしまいたくなるような衝動に駆られることがある。

　ぴくりと跳ねた柳井の指に気づいたらしく、沖はそっと包み込むように跳ねた指先を握り込んでくる。

この人の指はこんなに温かくて心地いいのに…、と柳井は細く息をついた。

まだ時折蘇《よみがえ》る、あの震えるほどの嫌悪を覚えた生温かくて湿ったものの感触。吐き気がするほどの嫌悪感が、沖に握られた手の中でやわらいでゆく。

「蒲生田…、だっけ？」

沖が口に出した名前に、柳井はぞわりと生理的な嫌悪に背筋を震わせる。それも握った手を通してわかったのだろう、沖はさらに強い力で手を握りしめてくれた。

「かなりのやり手だっていう話だね。今、西洋美術館の館長に納まったのも、それなりの根回しを周到にしたっていう話だし。ウォーターハウスに目をつけるのはわかる」

「ウォーターハウスは、日本にはまだ一枚しかありませんから…」

日本人にも人気のウォーターハウスは、日本の博物館や美術館に貸し出され、過去、何度か絵が来日、展示されたことはある。しかし、日本に所蔵されている作品そのものは、まだ一点しかない。

「そうだね。しかも、最近人気を集めているわりには、まだそこまで値段は高騰していない」

ピカソやクリムト、ゴッホ、ルノアールなどといった人気画家は、すでに百五十億円を超える価格で取引されている絵もある。特に印象派の絵は世界的に人気で、オークションでは百億円の値がつくことも珍しくない。

ルネッサンス期のダヴィンチ、ミケランジェロ、ラファエロの三巨匠の絵は、そもそもオークションに出てくること自体がないので、もはや価値は天文学的で数字もつけられないとさえ言われている。推定価格はあくまでも推定価格であって、実際に取引されてみなければ値段がどこまで跳ね上がってゆくかはわからないからだ。

バブル期の日本の企業や実業家ならとにかく、今の日本の博物館、美術館の予算では到底手の出る額ではない。

「…蒲生田は野心家で、そういう注目の集め方、話題作りには鼻の効く男です」

俗物、最低の…、という言葉を柳井は喉の奥へと苦く呑《の》み込む。

しばらく気分を落ち着けるためにコーヒーを口に含み、いくらか深呼吸する間も、沖は柳井の手を握り、静かに待っている。

「信じなくてもいいですけど…」

柳井は苦い思いで口を開いた。

「博物館の所蔵品を持ち出したのは僕じゃありません」

何度となく否定され、かつては警察でも鼻で笑われた柳井の訴えを、沖は黙って聞いた。

「信じるんですか？」

「君だっていう証拠がない。君は気に入った品は手許に置いておきたいっていう人間だしね。盗難品を捌《さば》くにしては、今回の贋作の手に入れ方はあまりにも杜撰《ずさん》だ。だから、素人だって言ったじゃないか。そんなに何点も盗難品を捌く人間は、それ専用のルートも持っているもんだよ」

沖の声には、言葉ほどの揶揄《やゆ》の響きはない。むしろ、柳井が収蔵品を持ち出したという話そのものを、明るく笑い飛ばすような印象さえ受けた。

「そして、君があの館長を嫌うのにはやはり理由がある？」

柳井は眉を寄せ、顔を強張らせる。

目が泳ぎ、口を開けようとしてもどうしても呼吸が浅くなる。沖に手を握られていても、どうしてもそちらを向くことが出来ない。

「ねぇ、…もしかして、パワハラとかじゃなくて…、セクハラだった？」

柳井は沖の膝へと視線を動かした。しかし、それ以上は目を上げられない。あの惨めな経験を口にするのが嫌で、柳井は黙り込む。

「セクハラの被害者は、女性だけじゃないんだよ？　男性が被害者となった場合は、女性以上に声を上げられないものだ。被害者なのに、女性以上に強い好奇の目に晒されるからね。口外できずに、男でありながらセクハラのターゲットにされた自分を責めてしまう」

柳井は口許に笑いそこなってひきつった歪みを浮かべた。それでも、視線はほんのわずかだけ、沖の方へと上げることが出来る。

「私は君の鼻っ柱の強さやプライドの高さを気に入っているけれど、それだってやはり相手や特定条件の下では発揮できないこともあるだろう？　言いたくなければ、言わなくてもいい。無理に話してほしいとは思わない」

そう前置きした上で、沖は落ち着いた声で尋ねてくる。

「何か脅されるようなことはあった？」

「肩を一度…、それから首を…」

「…首？」

柳井は頷く。

なぜ、あの時、自分は蒲生田を突っぱねることができなかったのか。あまりに精神面で弱かったのか、思い出すだけで情けなくて、それでも声は喉につっかえたようになる。

どうしてあの日、あの時、自分は誰かに助けを求めることができなかったのだろう。柳井の頭の裏を過去の同僚の顔が巡る。

国内ではもっとも歴史があり、格式の高いとされている博物館だが、職員数そのものは多くない。歳の近い人間もいなかったし、特に誰かと親しくしていたわけではなかった。

博物館の敷地そのものが相当に広いので、収蔵庫や修復室にいれば、下手をすれば半日以上同僚と顔を合わせないこともある。研究系の専門職なので、職員や学芸員は基本的には静かで非社交的なタイプも少なくない。そんな中、対外的にも顔が広い蒲生田は、かなり異色のやり手ともいえた。

「何、首って…、何をされたの？　聞いてもいい？」

沖に尋ねられ、柳井は少しずつ、当時の様子を話す。

「蒲生田からはよく話しかけられました。スキンシップの多い人間だと思っていたんですが…」

考えれば、最初に会った時から容姿については必要以上に誉められた。大仰すぎるとは思ったが、目くじら立てて咎《とが》めるほどのことでもないと取り合わなかった。

柳井にとっては最初の職場であり、博物館、美術館というのは、職場としても普通の企業に比べればかなり特殊だ。他に比較できるような対象もなく、上司との距離感やその他の対人関係などがよくわからなかったせいもある。

「入って二年目ぐらい、専門的なことを任されて館内でも一人で動くことが増えてきてからです。個人的に食事に誘われたり…、二人きりになるような状況を作られていると意識し始めてからは、できるだけ避けるようにしていました」

普段では考えられないほどに、声が喉に引っかかり、筋道立てて状況を話すことができなかったが、沖は辛抱強く耳を傾けた。

学芸員としての柳井の能力が評価され、主として江戸時代から近代までの日本美術を任されるようになった頃から、蒲生田の誘いは執拗になってきた。それまでの柳井を含めた数人で食事、あるいは飲みに出かけるという状況とは違う…、明らかにそうわかるようになってきた頃から、柳井は蒲生田を避け始めた。

　やがて蒲生田は誘いを断り続ける柳井に焦《じ》れたのか、次には露骨に嫌味や当てこすりを言うようになってきた。

　ある日、終業後に苛立ったような顔でドンと肩を押された。誘いを断っていることそのものよりも、当時の柳井の態度が反抗的で調子に乗っているとなじられている時だった。

　それについて職場で注意するのはどうかと思うから外に誘っているのに、そんな蒲生田の気遣いをまったく蔑《ないがし》ろにしている、そう責められた。

　不用意な体勢もあったのか、突き飛ばされた柳井の肩は背後の壁に強くぶつかった。そこは青く痣になり、数日痛みを覚えるほどだった。

　蒲生田は驚いたような顔で柳井に詫び、そこまで強く押したつもりはなかったとあの時は謝罪した。

　しかし、柳井には蒲生田に対する嫌悪と共に、男の突発的な暴力に対するかすかな恐怖が生まれた。まさか、実際に手を上げられるとは思ってもみなかったし、恰幅のいい蒲生田の力の強さには自分ではかなわないこともわかった。

　以来、それまで以上に慎重に蒲生田を避けてまわっていたが、それも見越した上で巧妙にはめられたのだろう。柳井の直属の女性上司から、修復の必要な収蔵物を急ぎでチェックするように言われた。莫大な数の品を調べて一人で残業となった晩、蒲生田は収蔵庫に現れた。

柳井は逃げようとしたが、最終的には壁際に追い詰められた。薄暗い収蔵庫の隅で、壁に押しつけられるようにして、首に手をかけられた。

喉許を上から押すように圧迫され、そこからはもう動けなくなった。

「待って。首を絞められたの？」

沖は眉をひそめる。

「…ええ、絞めるというか…、こう…」

柳井は沖に握られていた手を喉許に上げ、その時の蒲生田の手の動きを再現してみせる。

「収蔵庫の隅…、暗い、人目につかない壁際で…」

柳井はぞっと背筋を震わせた。今も背中を押しつけられた冷たく固い壁の感触と、喉全体への強い圧迫が蘇る。一瞬、息が詰まり、ふっと気が遠くなりかけたことと、その時に感じた恐怖も同時に蘇ってしまう。

「それって…、抵抗する意思を奪う、マインドコントロールの一種だよ」

「…マインド？」

「そうだ、特に薄暗い場所だと効果がある。首を絞めたり、髪を引っ張って無理に跪《ひざまず》かせたり、顔を何度かひっぱたいたり…、暴力の痕《あと》はあまり残らないけれども、この相手から逃げられないっていう本能的な恐怖を植え付けるんだ」

あ…、と柳井は小さく息を呑む。

そう言われれば、心当たりは確かにある。あの時、柳井は確かに抵抗する気力を失った。その後も、蒲生田を避けてまわったものの、二人きりになると身動きできず、声すら上げられなくなった。

どうしてあの時、自分はあの男を突き飛ばして逃げることができなかったのだろうと、これまで何度も自分を責めたが…。

「その男は、そういったやり方に馴れてるんだね。おそらく、そうやって言うなりにした相手は君だけじゃないと思う」

沖の言葉に、柳井はまじまじと男を見てしまう。

「…多分、僕以外にもあの時、蒲生田の女性秘書が無理に関係を持たされていたはず。線の細い綺麗な女性で、既婚者なのにどうしてか…」

沖は蒲生田のやり口に本当に嫌悪を覚えたのか、眉をひそめた。

「彼女と蒲生田は…、身体の関係にまで及んでいたようですけど…」

何も言わない沖に、柳井は呻くように洩らす。

「…僕は違う」

はたしてこの男がそんなことを信じるかどうかすらもわからないが、言わずにはいられなかった。

沖は口許を微笑みの形に作ると柳井の頬をそっと撫で、信じているというように一つ頷く。

「…僕は違って…」

からからに乾いて張りついたような舌を無理に動かし、柳井は訴えた。

人にこれまで言えなかったのは、自分は最後まで関係しなかったと言ったところで、それを誰が信じるだろうという思いもあったせいだ。

「わかってるよ」

沖は身を寄せてくると、頬にかすめるようなキスをした。

「手と…、口を一度だけ…」

「ああ、わかってる。それだけでも立派なセクハラで強制わいせつだ。辛かったよね」

大きな男の手がゆっくりと柳井の背を抱き寄せ、何度もやさしく背中を撫でる。この手はこんなに心地いいのに…、と柳井は目を伏せる。

そして、手淫《しゅいん》を二回、それも強引に手に手を添えて動かされるような形で強要されたこと。その後、無理に跪かされて口の中に無理に突っ込まれた時には途中で吐き気のあまり、蒲生田を突き飛ばして逃げたことを、何度も喘《あえ》ぐようにして切れ切れに訴える。

こんな言い訳は意味がないと思いながらも、訴えずにはいられなかった。沖はそれを否定もせず、ただ丁寧に慰めながら聞いてくれた。

その翌日、柳井は天与の職にも思っていた学芸員を辞めることを決めた。

「辞表を提出した日に、僕の担当していた江戸時代から近代までの日本彫刻や近代美術といった収蔵品がいくつも見当たらないことが発覚したんです」

「それであの噂《うわさ》？」

「…ええ」

「意図的なものだね。君が蒲生田という男に応じていれば、おそらくその収蔵品は出てきていたのかな？　…本当のところはわからないけれど」

「…かもしれません」

考えたくもないが…、と柳井は目を伏せる。

「警察で何度か事情を聞かれました…」

証拠不十分として不起訴になったが、結果的に柳井にかかった容疑は晴らせず、今も柳井を学芸員として採用するところはない。

「今なら…、あんな真似、許さないのに…」

男の腕の中で薄い胸を喘がせると、沖はやわらかく柳井の髪や背中を撫でてくれる。

「…こんな話、信じる？」

「ああ、蒲生田に無理に関係させられたのは、君だけじゃないみたいだしね。今回、イギリス行きについてきた細身の学芸員。彼も薄々、蒲生田とのそんな噂があるようだ」

やはりあの時、自分が蒲生田の連れた若い男を見た時に感じた勘めいたものは間違っていなかったのだと、柳井は複雑な思いで沖を見上げる。

「あなたは怖い人だな」

「誉め言葉だと思っておくよ」

沖はそう言うと手を伸ばし、柳井の上着を脱がせた。

「こんな安ホテルで、僕を抱く気ですか？」

首許からネクタイを抜く男に、柳井は力のない目を向ける。

「じゃあ、明日はもっといいホテルで抱き潰してあげようか？」

言葉はひどくても、身をかがめ、昨日のように靴を脱がせてくれる男には、自分を無理に抱く気はないということなど、もう十分にわかる。

「また、昨日みたいにだらしない格好で眠らせるつもり？　あんな格好、あなたには見られたくないんですけど」

「いいや、ちゃんと風呂に入らない悪い子は、お尻《しり》を叩くよ」

沖の言い分に、柳井はつい笑いを洩らしてしまう。

そして、自分の中では封印してしまいたかった過去を告白した後、ようやく笑えたのだと意識する。

確かに今、こうして笑っている。

「ここは安いホテルだけど、立地も悪くなくて静かだし、ちゃんとバスタブがあるのはいいね。ロンドンにしては好条件だな」

言いながら、沖は浴室に入ってゆく。水音がしはじめたのは、バスタブにお湯を張っているのか。どこまで自分を甘やかすつもりなのかと、柳井はシャツのボタンをはだけながら浴室を覗いた。

湯気と共にふわりとラベンダーの香りがするのは、沖が今朝くれたアロマオイルをお湯の中に入れてくれたせいだろう。

「一緒に入る？」

袖をめくり上げた男に尋ねると、いや、と首を横に振る。

「でも、髪を洗ってあげたいな。いい？」

「髪？」

おかしなことを言い出すものだと、柳井は首をかしげる。

そんな柳井から、まるで母親が子供の服を脱がすような、下心の感じられない手つきでシャツを剝《は》ぎ取り、男は頷いた。

「そう。多分、プロ並みだよ」

「牽引二種や大型免許といい…、どこで覚えたんだか、そんな技術」

「教えてあげるからさ、今度は君が私の髪を洗ってくれればいい」

柳井の揶揄を巧みにはぐらかし、沖は服を剝ぎ取った柳井の腕を引いてバスタブに入れる。

そして、ふわりと腰のあたりにタオルを掛けてくれた。

「頭をこう…、力を抜いて…」

大きな手に完全に頭を預け、首や肩の力を抜くように促される。

そのままシャワーからのお湯で髪全体を濡らされた。

まるで美容室のシャンプー台のように、沖は下から柳井の頭を支え、片手だけで器用に髪を洗う。

時折、シャンプーなどを手に取る時だけ頭を起こすように促されたが、すぐに首から後頭部にかけてを支えなおしてくれる大きな手には、ずいぶん気持ちのいいゆったりした気分になる。

丹念に頭皮をマッサージされ、柳井はうっとりと目を閉ざした。

一番最初にこの男と関係した時、このまま息の根を止められてもいいと思った記憶がふと頭をかすめる。

ふと目を開くと、湯気に霞んだ天井と沖の顔とが映る。

「何？　痒《かゆ》いところでもあるの？」

からかう男を、柳井は軽く睨んだ。

「別に…」

柳井は再び目を閉ざす。

すると、思いもせずにぽろりと願いが口をついて出た。

「今なら…、このまま、あなたに殺されてもいいかなって…」

目を閉じた方が、素直な想いを口にできるのはどうしてだろう。

「…私は嫌だな」

深みのある声が、バスルームの壁に響く。

柳井は再び目を開く。

「そんな目をしないでくれないか」

沖は困ったような顔で笑った。

今、自分はこの男にいったいどんな顔を見せているのだろうか。

「君に頼まれると、嫌だって言いたくなくなるんだ。でも同時に、私は君に髪の毛一筋の傷もつけたくないんだよ」

ずいぶんな熱心な口説き文句だなと、今日ばかりは素直に柳井は微笑む。なぜか今は、沖の言葉が率直に胸に響いた。

こんな風に言われて、悪く思う相手がいるとは思えない…、と柳井は沖の顔をじっと見上げた。

だが、どういう風に応えればいいのかという答えが見つからないと、柳井は照れを軽口で紛らわせる。

「…そのわりには、この間は僕をジャガイモか何かの袋みたいに担ぎ上げたじゃないですか。あんな真似されたのも、初めてです」

そうだねぇ、と沖は涼しい顔を見せた。

「君さ、けっこう重いよね。腰回りはこんなに細いのに」

「…大きなお世話ですよ。見た目より筋肉質なんです、男ですから当たり前でしょう？」

この男と話していると、話にどんどん深刻みがなくなってしまうのはどうしてだろうと柳井はかすかな溜息をつく。

ついさっきまで、自分でも首を括《くく》りたくなるような、いっそ封印してしまいたい過去を告白したばかりだというのにおかしくなる。

「高かったよね、あのチェーン。千五百ポンドだって、足許見てるよなぁ」

「足許を見られたのは確かでしょうけど、どういうやり方をしたら、一瞬でドアチェーンが壊れるんですか？」

「梃子《てこ》の原理だよ。ドアチェーンそのものに、もともとそこまでの侵入防止機能はないしね。案外、簡単に壊れる」

この言い分だと、何かを引っかけるようにして、チェーンの取りつけ金具そのものを弾き飛ばしたのか。あいかわらず、見事な手際だ。

「それよりもあの時、君が誰かに捕まったり、怖い目に遭わされていたらどうしようと、本当に心配で心配で…」

沖はまったく深刻さのない声で、のうのうと言いながら柳井の髪を流す。

あまりに芝居がかった言いように、柳井はさらに失笑した。

それでも、沖が自分が道を踏み外す寸前で助けてくれたのは確かだ。

柳井が柳井でなくなってしまうのは見たくないと言った沖の言葉は、確かにあの時、薬物に関するありきたりの説教や脅しなどよりもはるかに自分を救った。

「さて、髪は洗えたよ。どう？　硬水だから、どうしても髪の指通りが悪くなってしまうけど」

それだけは本当に惜しそうに、沖は柳井の髪を軽く絞る。そして、タオルを取り、濡れた手を拭った。

「確かに。でも、洗ってもらってる時に気持ちがよかったから、いいかな」

沖が洗ってくれた髪に指を通しかけた柳井は、ふと思いあたって、縁に腰をかけた男を見上げる。

沖がそう口にしたわけではなかったが、もしかして髪を洗ってあげるなどとこの男が言ったのは、蒲生田のことを告白して、精神的にナーバスだった柳井を案じてのことではないかと思った。

柳井が黙って沖を見ると、男はこの上なくやさしく目を細めて笑った。

「…あとは大丈夫」

柳井が頷くと、沖は腕を伸ばして頬をひと撫でし、立ち上がる。

「沖さん」

柳井は呼び止めた。そして、気恥ずかしさから顎を引き、濡れた髪を指先で巻き取りながら、振り返った男に尋ねた。

「…沖先生って呼んだ方がいい？」

考えてみれば柳井は沖に対し、これまでほとんど名前で呼びかけたことはない。

不思議な関係だった。

「君の呼びやすいように呼んでくれていいよ」

ああ、でも…、と沖は少し考える様子を見せた。

「私の名前は孝久っていうんだ、知ってる？」

「ええ、それは…」

もちろんとまで言うのはさすがに言い過ぎな気がして、柳井は言葉尻を曖昧に頷く。

「名前で呼んでくれてもいいよ」

呼びかけようとして、結局、照れの方が先だってうまく言えず、柳井は素直でない口を叩く。

「まわりにどんな関係なんだって思われますよ？」

沖は視線を悪戯っぽく巡らせ、ひょいと肩をすくめる。

「まぁねぇ」

きっとこの男なら、どう思われようと意に介さないのだろうというような、飄然とした表情だった。

「でも…」

柳井は浴槽に指を添え、沖の方へと顔を振り向ける。

「ありがとう…」

精一杯の柳井の謝意はちゃんと理解したらしく、沖はくすぐったそうに肩をすくめて笑うと、バスルームのドアに手を掛ける。

「外で待ってるよ」

何だ、そんな照れたような表情も出来るんじゃないかと、柳井はそのままコツンと浴槽の縁に額をあてて微笑む。

いつも余裕ぶった大人の表情、鷹揚な態度ばかりを見せるから、そんな可愛い顔もあるのだとは思わなかった。

可愛い人、そして素敵な…、と柳井はしばらくそのままふわりとラベンダーの香る浴槽の中で、温かな湯を満喫しながら微笑む。

あの弥勒菩薩像を運んでくれた日以来、気があるようでないような、距離感のつかめない男ではあるけれども、嫌いではない。

むしろ、誰よりも大好きな…、そこまで考えかけて、柳井は湯を跳ね上げると身体を洗い始める。

沖のスタンスがわからない以上、そして、恋などはあくまでも駆け引き上の材料に過ぎないという
これまでの柳井の信条にも反してしまう想いを、そうやすやすと認めたくはない。

認めたくはないけれど…、と柳井は銀色に光る蛇口をひねる。

沖は理解してくれたのだと思う。そして、蒲生田との過去とそれを拒めなかった自分の弱さを吐き出せたことにも、今はほっとしている。

でも…、同時に沖にはやはり知られたくなかったという思いも、表裏一体のところにやはり潜んでいる。

たとえ、自分がつきあっている相手に聞いたとしても、やはり完全に受けとめきれるとは思えない嫌な過去…、と柳井はシャワーの中で眉を寄せた。


明かりをベッドサイドのスタンドだけに絞った薄暗い部屋で、ベッドに入った柳井は水音が止まるのを聞いた。

柳井と入れ違いにバスルームに入った沖は、浴槽には湯を張らず、シャワーだけですませることにしたようだ。

イギリスでは一度に使える湯量に制限のあるホテルが多く、あれだけ丁寧に柳井の髪を洗ってくれた後は、さほど湯は使えないと判断したのかもしれない。あるいは、実際に途中で湯がなくなってしまったのか。

だったら申し訳ないことをしたと、柳井は沖の出てくるのを待つ。

さほど時間を置かずに出てきた沖は、柳井のベッドの端にそっと腰を下ろした。

柳井が承諾の印にシーツをめくると、背中側からそっと身体を寄り添わせるようにベッドの中に身をすべらせてくる。

柳井が沖の方を向こうとすると、逆に身体を返され、横向きに背後から抱きしめられるような形となった。

「…抱かないの？」

不思議に思って尋ねると、沖は背中越しに低く答える。

「今日はもう寝なさい」

この声と背中をすっぽり包む温かさはずいぶん心地よいものだが…、と柳井が後ろを振り返りかけると、耳許とこめかみのあたりに背後からキスを落とされた。

「…してもいいのに」

どこか寂しいような思いでぼんやり呟くと、沖は小さく笑いを洩らした。

「だから、明日、ホテルを移してからね」

それが本当かどうかはわからないが、今日はどうしたわけか、こうして柳井をじっと抱きしめるだけで満足して寝るつもりらしい。

もうそろそろ時差ボケも落ち着きつつあるが…、と思いかけた柳井は、そんな沖の紳士的な態度に、再びさっきのネガティブな思いがぶり返してくる。

「…信じる？　蒲生田とは寝てないこと」

だから、今日はその気になれないのかと、柳井はそっと尋ねてみる。

「信じるよ。君、性的にはかなり潔癖だしね」

沖はまだ湿り気を残した柳井の髪を後ろからそっと撫でながら、何でもないような声で答える。

「…え？」

「ほら、セックスを楽しいと思ったのは、私とが初めてだよね？」

確かにその指摘は的を射ているが、それを沖が知っているというのはまた別だ。微妙に男としての沽券にも関わる気がする。

「…俗物」

柳井の力のないなじりにも、沖は深刻さのない楽しげな笑いを洩らすばかりだ。

「でも…」

笑い止むと、沖は背後からまわした大きな手で、柳井の手をすっぽりと握りしめてくる。

「この綺麗な指を穢《けが》した男は許せないな」

低い声がぼそりと呟く。

口を使われたことにまで言及しないのは、沖のやさしさだろう。

柳井はただ、その手を黙って握り返した。

「相応の報いを受けてもらわないと」

「…報いって？」

蒲生田が競り落とすつもりらしきウォーターハウスを贋作を入れ替えることは、この男は考えていないらしい。

ならば、どうやって…、という思いも同時にある。

柳井とて、やはりここまで足を運んだ意地もある。アンティークマーケットでの仕入れは、そのついでのようなものだ。蒲生田の購入情報をつかんだ時点で、あのギャラリーに贋作の依頼をかけた。

柳井の人生をこうまで歪めた男を、どうしても許せない。

「正攻法でいこうよ。もっと、彼が世間的な信用を二度と取り返すことのできないような…、ね？」

「…正攻法？」

「そうだよ。オークション当日には、あの男にウォーターハウスを落札させておきなさい」

「でも…」

それだと、あの名声欲の強い男は抜かりなく関係者に手配し、マスコミの取材も積極的に受けて、自分の名前と手柄を必要以上に売ることだろう。それをみすみす指をくわえて見ていることしかできないのかと思うと、あまりにも無念だった。

ねぇ、将宗君、と男は魅惑的な声でささやく。

「一度世間的な注目を集めた、周囲からの評価の高い人間ほど、その信用が失墜《しっつい》した時の世間的なダメージは大きいよ。ウォーターハウスを落札したとなれば、さぞかし名前もあちらこちらに売れるだろうしね」

蒲生田に対し、いったい何をどこまで企んでいるのか、沖は慰めるように握った柳井の手をやさしく撫でながら言った。

「…あなた、怖い人だな」

半ばはこの男への敬慕や憧れ、半ばは恐れから、柳井は呟く。

「うん、こう見えても私はあの男に対して、ずいぶん腹を立ててるからね」

「あなたが？」

やはり面白くないのかと、柳井は目を伏せる。

「そう、恋人の過去にこだわらないのと、その恋人を苦しめた相手を許さないのは、また別の話だから」

　ね、と沖はささやく。

「…恋人なの？」

「おや、手厳しいな」

　そこで笑う余裕は、いつもの沖だ。

　どこまでが本当で、どこまでが冗談なのかがつかめない。

「だから、土曜のポートベローのアンティーク市が終われば、一緒に日本に戻ろう」

　そうじゃないと、代診を頼んだ費用だけで干上がってしまうと、沖は軽く嘆《なげ》いてみせる。

「また、隣の人がひどいいびきをかく人間じゃなければいいけど…」

　長いエコノミーでのフライトは、やはり考えるだけで憂鬱《ゆううつ》だと柳井は小さく溜息をつく。

　そして、また帰れば時差ボケにしばらくは悩まされるのだろう。

「幸いにして」

　沖は悪戯っぽい声を出す。

「私のマイルが貯まっているから、別の航空会社でよければビジネスクラスのチケットも手に入ると思うよ」

「本当に…？」

柳井はむくりと身を起こして、振り返る。

沖が貯めたマイルというなら、別に使うにやぶさかではない。

「やっぱり将宗君は、それぐらいギラギラしている方がいいなぁ」

やはり軽くからかうような失礼な物言いで、沖はずいぶん楽しげに笑った。

そして、少し元気になったね、と柳井を背後からぎゅっと抱きしめた。

二章

I

都の西洋美術館が、ウォーターハウスの『ランスロットとグィネヴィア妃』を見事落札したというニュースは、新聞の一面記事を飾るほどの注目を集めた。

しばらくはテレビや雑誌といったメディアでもウォーターハウスの大々的な特集が組まれ、館長である蒲生田の解説やインタビュー記事があちらこちらで見られた。

そんなある日のこと、柳井と沖は柳井の元職場である某国立博物館から、不明の所蔵品リストを手に入れた。

過去に不明品の取り調べを受けた時、柳井も作品名で思いあたる品もいくつかあったが、数も相当な物だったし、すべてを把握出来たわけではない。所蔵庫に眠る莫大な数の所蔵品は、やはり実際に働いていた時にもリストと照らし合わせていたためだ。

沖はその行方不明の品を正確に把握したいと言った。

展示室は最近はかなり厳重な防犯システムを取り入れてあったが、裏方の事務作業部分となると、そこまで警備は厳しくない。

行方不明の所蔵品リストのデータを手に、柳井は沖の運転で柳井の屋敷へと戻ってきた。

「どうして今になってこれを？」

ティーポットで淹《い》れた紅茶を居間に運んだ柳井は、ハイバックチェアに腰かけ、ノートパソコンでリストをチェック中の男に尋ねる。

「不思議と、蒲生田のまわりは金回りがいい。この間のロンドンへのフライトも、なぜかファーストクラスで来てたりとかね。むろん、何冊か美術関係の解説書も出してるからその印税や、マイルを貯めればグレードアップもできるんだが、それればかりじゃなさそうだからね」

「その行方不明の所蔵品を、本当は蒲生田が売り捌いていたというんですか？」

「うん、これまで考えたことはなかった？」

「警察に呼ばれた時に考えなかったわけでもないですが、でも何よりも証拠がない。しばらくはオークションなどもチェックしていましたが、それらしき物も出品されてませんでしたし…」

沖に素人と言われたが、確かに柳井には盗品を探るようなルートやツテはない。もともと表立って派手に取引されるようなものでもないからだ。

「うん、盗品をすぐに捌くと足がつきやすいからね。だが、君の管理していた所蔵品が行方不明になって七年、そろそろいくつかは市場に出まわりはじめてもいいはずだ」

沖はほら…、と画面を指差した。

「盗難美術品登録協会《ザ・アート・ロス・レジスター》のリストはチェックした？」

盗難美術品登録協会というのは、紛失や盗難に遭った美術品を、調査したり、回収する目的で作られたロンドンの民間団体だ。その協会が、これまでに行方不明となった美術品の国際的なデータベースを運営している。

最近では名の通った競売会社は、出所の怪しい美術品についてはこのデータベースでチェックを行うようになっており、以前に比べれば盗品が発見される確率も格段に上がった。

「いえ…」

柳井は首を横に振る。

本来、この協会に行方不明になった所蔵品を登録するのは、博物館の仕事だ。博物館を辞めてすぐに警察の取調べでかなり執拗に呼び出されていた柳井には、それを調べる時間的な余裕も精神的な余裕もなかった。

「やっぱり…」

データベースとリストを鋭い目つきで照らし合わせていた沖は、その画面を覗き込んでいた柳井を見上げてくる。

「なぜかこの行方不明の所蔵品が、リストに一つも登録されていない」

「未登録？　まさか…」

柳井は口ごもる。

蒲生田はあんな裏表のある人間だが、職場の人間はかなり専門分野に偏っているとはいえ、真面目な仕事人間ばかりだった。全員が全員、蒲生田と示し合わせ、不明物をリストに載せないという卑劣《ひれつ》な真似をするとは思えない。

それもあって、柳井はこのデータベースをあえてチェックしていなかった。

「蒲生田はとにかく、行方不明となった所蔵品については表沙汰《ざた》にはなっていませんが、それでも辞めた僕に嫌疑がかかっていることを知らない同僚はいなかったと思います。それを皆で握りつぶすような、だいそれた真似をするでしょうか？」

なるほど、と沖は頷いた。

「…あるいは、いったん登録された物を、リストに載ってしまったのは単なる人為的なミスだと申告して削除させるかだ」

ああ、それなら…、と柳井は頷く。

副館長だった蒲生田には、書類などを操作して出来ないことはないかもしれない。相当に手の込んだ、計画的な真似だが…、と柳井はぞっとするような思いで沖を見た。

沖はノートパソコンを膝に、身をかがめていた柳井の髪をそっと撫でる。

「そういう卑劣な人間はね、二重、三重に罠《わな》を張るもんだよ。既婚の女性秘書が、なぜか関係を持たされていたと言ったね」

「ええ…、彼女を悪く言うつもりはなかったんです。ただ、どうして…」

柳井は口をつぐむ。

どうしても蒲生田に関することとなると、思考が停止しがちで、いつもの半分もうまく口が動かない。沖の言うマインドコントロールや、いまだに寒気のするほどの嫌悪感などもあって、自分の中でも禁忌になっているのだろうか。

「気持ちはわかるよ。どうしてあんな男と身体の関係を持たされたのかという歯痒《はがゆ》さとか、理解を超えてしまう分もあるんだよね？」

「…ええ」

半ば嫌悪交じりの同情もあって、自分も含めて、どうしてそこまで言われるがまま深みにはまったのかという思いがある。

柳井のように辞めるという選択もあっただろう。

「でも、君が彼女の立場だったとして、最初に関係を持たされた時、あるいはその後の行為を撮影されていたら？」

「…最低だ」

柳井は呻く。納得がいくと同時に、不快さが喉許まで迫り上がってくる。

自分もそうされる可能性があったのだと思うと、あの死んでしまいたいような思いで蒲生田の行為に耐えていた時の無防備さが呪《のろ》わしくなる。不快さを耐えようとするあまり、思考が停止してしまう。それにつけいられ、ビデオなどを撮られていたらと思うと…、と柳井は目を伏せる。

誰にも言えないまま、家族や友人らに知られることも恐れ、ただ諾々と従っていた女性秘書の恐怖がわかる。

「たとえば、君が蒲生田に従っていたら行方不明の所蔵品は出てきたんじゃないかと言ったけれども、次はそうしてビデオなどで逃げられないように君を縛る…、他にも被害者がいるなら、そういう形でいくらでもエグい真似を講じることができる男なんだと思うよ」

「でも、それならどうして所蔵品を売り捌いたと…？」

「思うに、最初はもっと早くに君が音《ね》をあげると考えていたんじゃないかな。そうすれば、書類上か、実際に秘匿《ひとく》していたのかは知らないが、なくなったとされていた所蔵品も何食わぬ顔で出てきたと言ってすませるつもりだった。それが君が証拠不十分で不起訴とされてしまうと、向こうも用意した行方不明品を引っ込めることができなくなって、ならば…、とそれに手をつけた…」

あるいは…、と沖は首をかしげる。

「もともと気に入った人間へのセクハラとは別に、細々としたものを小遣い代わりに裏で売り捌いていたか…」

「僕にはどちらとも…」

もともと蒲生田は柳井の個人的な関心を惹く相手ではない。特に蒲生田が自分に向ける興味が露骨なものとなってきてからは、職場でも避けてまわっていたので、個人的な人となりやプライベートを知る機会もほとんどなかった。

どちらもありそうで、十分に考えられる。

と沖は低い声で言い捨てた。

「二度とこの世に出てこられないようにしてやりたいね」

憤りの覗く男の横顔に、柳井は手を伸ばし、そっとその手に自分の手を重ねる。

「だから、あえてここで盗難美術品登録協会の盗難品データベースに、再度、この行方不明品を載せなおしてやろうじゃないか」

沖はトントン、と画面を指差した。

「網に引っかかるまでに、時間は若干かかるかもしれないけれど、いずれもそれなりの名品だ。どこかの正直な美術商が声を上げてくれるのを待ってみない？」

「でも、それを蒲生田が売り捌いたという証拠を具体的に上げるとなると、難しくありませんか？何人かの人間の手を渡っていれば、それを辿ることも難しくなる」

「あとは、ここで有効なのは税務署かな？」

沖はにっこり笑う。

「少し蒲生田という男の生活を洗ってみただけでも、館長職としては異様に金回りがいいことはわかる。警察はもともと美術品の盗品売買は非専門分野だから二の足を踏みがちだけれども、税務署は違うよ。その不審な金の動きが、未申告の美術品の売買によるものだと思うと、マルサが口座の動きからブローカーとのやりとりまで、警察とは違う切り口でしらみつぶしに調べる。いまだに派手に暮らせるだけの入金があったんだ、税務署が本気でかかれば絶対に引っかかる。盗品ルートがどうのっていうのは、そこからの話だ。あえてこちらでお膳立てして、調べる必要もない。専門家がきっちり締め上げてくれるよ。その上、脱税案件として追徴金まで加えてがっぽり持っていかれる。もちろん、博物館側が蒲生田氏に請求する損害とはまた別にだ。美術界で最近、顔が売れに売れたからね。ウォーターハウスの落札も相乗効果で、これまでのツケが返ってくるんじゃないかな」

「怖いな」

あまりに何でもないような口調で語る男に、柳井は失笑する。

そして、腰かけた男の肘《ひじ》の部分に腰を引っかけ、その首に腕をまわす。

「どうしてあなたは…、そこまでしてくれるのかな？」

柳井は吐息交じりに、小さく尋ねる。

もとはといえば、エテルネルの中で会っただけの関係だったが、この男は柳井に積極的にかかわってくるわりには、見返りを強要しない。柳井もこれまで身体の関係に応じたのは、自分がこの男と寝たいと思ったからだ。

蒲生田がやったことを暴いたとて、柳井には沖に対して何も返せるものがない。

沖は首にまわされた柳井の腕を抱きながら、くすぐったそうに笑った。

「君が私に生き甲斐みたいなのをくれたせいかな？」

「生き甲斐？」

「そう、十三代目としての」

沖の言葉に、柳井は小さく笑いを洩らす。

「僕、何かしましたっけ？」

うーん、と沖は唸る。

「祖父同様、私も『左衛門之丞』としてのあり方に迷っていてね。今さら、義賊とかいって気取ってみても、時代遅れの商売だ。世間的な評価を受けることもないんじゃないかって思っていたんだ。あえて泥棒稼業に手を染めなくても、十分な収入もある。自分が十三代目として動くようなことは、今後もないんじゃないかなって思ってた」

思いもしない打ち明け話に、柳井は沖の頬にそっと口づける。

自分が今はたいした働きも出来ず、それどころか、美術品を陰で売り捌いたなどと不名誉なレッテルすら貼《は》られたままだというのに、どこにいっても旧華族という家柄がついてまわるようなものだろうか。

「でも、ほら、とても可愛い泥棒さんに会えただろう？　魅力的で、一目で好きになってしまった」

臆面もなく言ってのける男に呆れる一方で、けして悪い気はしないと、柳井は忍び笑いと共に沖の肩にじゃれつく。

沖はノートパソコンをかたわらのテーブルの上に押しやると、柳井の身体を膝の上に抱き取った。

「けれども、その泥棒さんは身体を許してくれても、なかなか私を信用してくれなくてね」

「…信用していないわけじゃないですけど」

沖の膝の上に腰を下ろした柳井は、苦笑する。

「でも、昔の傷がもとで、なかなか私に心を許してくれない。つれない態度の裏で、本当はずいぶん傷ついているのに…」

まるで物語のように語る男に、それでも柳井はうまく笑えない自分を意識した。

「君が心から笑っているところを見たいよ」

柳井の顔を両手で挟み込み、額を擦り合わせるようにして、沖は魅惑的な声で低くささやく。

「そうしたら、祖父から仕込まれた技もけして捨てたものじゃないんだと思える」

柳井はそっと男の唇に唇を寄せた。

「ああ…、でも助けて、逃げられると困るな。魅力的な子だからね」

わざと大仰に嘆く男に、柳井は小さく笑いを洩らす。

「もっとも、それは自分の魅力が足りないと猛省しなければならないところなのかな？」

どこまで本気なのか、沖はさほど深刻さもない声で言ってのける。

柳井は沖の高い鼻先、頬、そして額…、と続いて口づける。

「沖さんは、十分、魅力的だと思う…」

もう十分に心を盗まれているのだと、柳井は呟く。

最初にエテルネルの中で会った時、この男に近づくために口先だけでその魅力を誉めた時とは違う。

また、軽口で沖に当てこすっている時とも違う。

相手の魅力を正直に認めてしまうのは、とても勇気がいる。まるで心を裸にされるようだ。

「あなたこそ、逃げないで。僕はこう見えても、ずいぶん執念深いんです」

「そうなの、知らなかったな。意外にロマンチストで、ツンと取り澄ました顔よりもずっと繊細だっていうことは知ってるけれども…」

誉めているのかけなしているのだかわからない男の言い分に、柳井はひどいとなじる。

最初に『君の心を頂戴しに上がりたく…』などとぬけぬけと言ってのけた時には、もうすでに半ば以上、柳井の心を盗んでいたくせに…とその高い鼻を指先でつまんでやる。

「僕の家まで入り込んできたのは、あなただけですよ。忘れないで」

そして、柳井は沖の耳許にひっそりとささやいた。

「僕の部屋のベッドに来ることを許したのも、あなただけ…」

男はずいぶん嬉しそうに笑ってみせた。

そんな表情が思っていた以上に子供っぽく若々しくも見えて、柳井は愛しさから男の背を固くかき抱いた。


浴室を使った柳井は、先に風呂を使った後、ノートパソコンで作業しながら居間で待つ沖のかたわらにパジャマ姿で立った。

さっき宣言したとおり、沖はさっそく、国立博物館の不明品を盗難品データベースに組み入れる作業をしているようだ。ぞっとするような速さで、キーを打ち込んでいる。

「何か飲む？」

一応、風呂に入る前に小さなピッチャーに入ったお茶を用意していたが、何かアルコールでも飲むかと尋ねてみる。

「いや、今日はいいよ」

沖はキーボードを叩く手を止めると、大事なものにでも触れるように柳井の手を取る。

立ち上がり、パソコンの電源を落としながら沖は言った。

「続きは明日だね」

「僕もやるよ。どうせ、明日は授業もないし」

「じゃあ、明日の朝、やり方を教えるよ」

柳井は沖の使っていたグラスにお茶を注ぎ、少し飲む。そして、沖の手を引いて廊下に出た。

ひとりで住むにはがらりと広い屋敷の中を、二階の自分の部屋へと男と共に階段を上がってゆく。

「いつも思うけれど、素敵な家だよね。こういうのは一朝一夕じゃ作れないからね」

「もう、かなりのものがなくなってしまってますけど」

「それも少しずつ、調べてみればいいよ」

強奪、盗難品と違い、かつて柳井の家から持ち去られた美術品は、高利貸しとつるんだ古美術商から適正価格の十分の一にもならない価格で買い叩かれたものだ。

不当に安い値段だとはいえ、それを訴えて騙し取られたものが返ってくる可能性は、ほとんどない。

それをこの男は、一緒に取り戻してみようと言っているのだろうか。

柳井は頷くと、沖を自室へと案内した。

ベージュを基調としたインテリアでまとめた部屋だ。一人息子なので、南向きの広い角部屋が与えられている。

「ここに入ったのは、子供の頃の同級生以外、あなたが初めてですよ」

学生時代の友人達も、あの博物館の収蔵品横流し疑惑の一件以来、皆、疎遠となった。今となっては、その関係もなかなか修復できないものだが…、と柳井は長い睫毛《まつげ》を伏せる。

「たまにはここに遊びに来てもいい？」

そんな憂いを取り払うような鷹揚な男の言葉に柳井は頷き、ベッドサイドの明かりだけをつける。

たまにというよりも、もっと頻繁《ひんぱん》に会っているのでこれは沖の軽口だろう。沖がここのキッチンで料理を作って振る舞ってくれることも多いが、これまではどちらかというと沖のマンションに行くことの方が多かった。

この家にやってくる時は、沖はいつも泊まらずに礼儀正しく帰ってしまうので、どこか寂しいようにも思っていた。それを泊まってもいいかという承諾だろうか。

「一つ、試してみてもいい？」

柳井が沖の腕を取りながら尋ねると、男は不思議そうな顔を見せる。

柳井は自分から沖に口づけ、ベッドの上にそっと男の身体を押した。

シャツの胸許をボタンに添ってそっと撫で、デニムに手を掛けると物問いたげな視線が返る。

「将宗君、あんまり無理はしなくていいよ」

低いが労るような声に、小さく笑って頷く。

前立てを開いて手を忍び入れ、下着越しに沖のものをやんわりと握りしめる。

「…してもいい？」

むしろ、したいと訴えると、沖の頷きが返る。

柳井ははだけたシャツの胸に少しずつ舌を這《は》わせると、やがて引き締まった腹筋から、腰骨の上のあたりまでを丹念に舐《な》めた。

「脱ごうか？」

沖は断り、風呂上がりに着直していたシャツとデニムを脱ぎ捨ててくれる。

誰かと寝ても、口を使うことなど考えたこともなかった。食いしばった歯を一方的にこじ開けられ、喉奥まで含むように強要された過去は、それだけトラウマだった。口中に出されたものをその場で吐き戻し、何度も床に不様に嘔吐《えず》いたことが長く忘れられなかった。

しかし、今はそんな記憶もどうでもよく思えた。

沖の下着をそっとずらし、逞しく盛り上がった太股《ふともも》に手をかけ、すでに頭をもたげかけているものを愛しく撫でながら、その付け根にまで舌先をちろちろと這わせてみる。

まだまだ児戯《じぎ》にも等しいだろう愛撫《あいぶ》を、沖は柳井の髪を撫でながら黙って見守ってくれた。

柳井の指の中で、どんどん力を持ってゆく砲身が愛おしい。

先端をそっと舐め上げ、その熱さと弾力を直接舌先に感じると、ためらいも消えた。

沖の脚の間に跪くようにして、丹念にその屹立全体に舌を這わせる。弾むような硬度に圧倒されながらも、少しずつ長大なものを喉の奥へと含んでみる。

「無理しないで」

労る男の低い声に、柳井はゾクリと背筋を震わせた。

喉深くに含んだものからも、深みのある声が伝わる気がした。

「んん…」

柳井は懸命に沖のものを頬張り、ゆっくりと頭を上下させた。とても根本まで全部は含みきれないが、口の中に収まる分だけでも唾液《だえき》を絡め、口腔《こうこう》を使って締め上げる。

「ん…、ん…」

拙《つたな》いながらも、先端や裏筋を舌で刺激し、気持ちよくなって欲しい一心で吸い立てる。

沖が息を荒げる気配、時折、何かをこらえるように髪を握りつかまれるのが、逆に柳井の興奮を誘った。

何度も口内粘膜を力強い砲身で擦られるうち、柳井も夢中になって貪《むさぼ》るような行為へと変わる。

自分でも信じられないような鼻声を洩らしながら、懸命になって男のものに奉仕する。口腔で沖自身がどんどん膨《ふく》れ上がってゆき、脈付いているのがわかる。

「いいよ、放して」

沖の声にも柳井は首を横に振り、なおも懸命に男のものを締め上げた。

「…っ！」

沖が大きく息を呑むのと同時に、口中で昂《たかぶ》ったものが大きく跳ねる。

瞬間、熱い飛沫《しぶき》のようなものが口腔内で弾けるように広がる。

「…ぁ…」

柳井は呻きながら、舌先から喉奥にかけて、男の放ったものを受けとめる。普通なら到底正気では口に入れられない温かな華液が、今はたまらなく嬉しく思えた。

「あ…」

柳井は小さく声を洩らしながら、舌先に放たれたものを飲み込み、喉奥へと飲み下す。美味しいと思うよりも、とにかく愛おしかった。

「ん…、ん…」

拙いながらも鼻を鳴らし、懸命に先端を吸い上げ、最後の一滴までを舐めとる。

「将宗君」

沖は身を起こすと信じられないほどにやさしい声と共に何度も柳井の髪や頬を撫で、両脚の間に跪くようにしていた身体を抱え上げ、強い力で抱きしめてくる。

唇を合わせられ、情熱的に唇を貪られた。

「…ん」

これ以上のキスは逆に沖のものを咥《くわ》えて完全に頭をもたげてしまった下肢《かし》への刺激になると、柳井は懸命に身をよじる。

だが、男は逆にそれを見越したように射精後もまだ力を失わない逸物と、柳井の下肢とを重ね合わせてきた。

「あ…、待って…」

違う…、と濡れた声を洩らす柳井にも、男は腕の力をゆるめてくれない。

「咥えて感じた？」

意地の悪い声が柳井をからかう。

「…ぁ…」

柳井は背筋を震わせると、昂ってすでに先端から雫《しずく》を滴らせているものを、パジャマの生地越しに刺激してくる男を睨む。

「触って…」

柳井は恥じらいながらも自らパジャマの下衣を下着ごと脱ぎ捨てると、脚の間に沖の手を導いた。

「あ…」

昂ってすっかり頭をもたげたものを握ってもらうと、思わず上擦った声が洩れた。

「そう…、いい…」

意味のない言葉を洩らしながら、向かい合って男の首筋に抱きつくような形で、柳井は腰をゆらめかした。

単に手で愛撫してもらっているだけなのに、やさしい男の手の動きに、たまらなく愛されていると感じる。

「可愛いね」

ここも可愛がってあげたいな、と下腹や足の付け根までを同時に愛撫しながら、沖はささやく。

でも、それよりももっと…、と柳井は切ない呻きを洩らした。

「…ぁ」

そんな柳井の願いを見越したように、沖の大きな手がやんわりと腰から臀部にかけてを撫で、まろみを確かめるように揉《も》み上げてくる。

「ん…ぁ…」

思わせぶりに尻の丸みを割り広げられると、期待から喉が鳴った。

「先に…」

「うん、先に？」

知っているだろうに、なおも沖はからかう。

柳井は男の首にかじりついたまま、何度も喘いだ。

言いたい言葉は、いつも喉に引っかかってうまく出てこない。

「先に欲しいの？」

焦れた柳井の気持ちを見越したように、さっきとは裏腹のやさしい声で男が尋ねてくる。

「うん…」

興奮のあまり、舌っ足らずになった声で、欲しい…、と柳井は問われるままに喘いだ。

まだ欲望を素直に口にするのは難しいが、懸命に沖の手の平に自分の欲望を押しつける。

柳井が用意していたジェルをたっぷりと手の平に取りながら、沖はあやすようにヒップラインを何度も撫でた。

そのくせ、器用な指は巧みに脚の間に割り入り、やがて思わせぶりな動きと共に柳井の中にヌルリと入り込んでくる。

「…ぁ」

柳井は小さく呻き、懸命に腰を揺らし、少しでも奥へと男の指を呑み込もうとする。

「そんなに締めつけたら、可愛がってあげられないよ」

柳井の腰を抱きながら、沖がからかう。

「あ…、でも…」

濡れた指の動きが巧みすぎて、勝手に腰が揺れはじめると柳井は訴える。

「んっ…、んっ…」

キスの合間に、男はゆるゆるとした動きで確実に指を増やし、溢れて太股にまで伝うほどのジェルの潤いを借りて、柳井を煩悶《はんもん》させる。

いつもならたっぷりと可愛がってもらえる乳頭も、固く尖《とが》りきっているのに、厚みのある男の胸との間でよじれ、擦られるだけだ。放っておかれたその先端はすっかり充血して、膨れ上がっているようにさえ思えた。

「ん…」

ねだるように剝き出しの沖の胸に尖った乳頭をこすりつけてみても、切ないぐらいに触れてもらえない。

でも…、と柳井は身悶《みもだ》えしながら、男の指が我が物顔に出入りしている下肢を揺らす。

「ん…、このまま…」

戯《たわむ》れのように与えられる沖の舌先を懸命に吸いながら、柳井はねだった。

「後ろから…、して…」

羞恥のあまり声が上擦ったが、沖の耳には入ったようだった。

「後ろからされるの、気に入った？」

柳井の身体をうつ伏せにし、腰を持ち上げるように支え、背後から膝を立てさせながら、男は尋ねてくる。

「ん…」

柳井は四つん這いで腰を高く掲げる恥ずかしい姿勢をとらされたまま、鼻を鳴らし、何度も頷く。認めるのは恥ずかしいが、この獣じみた格好で男を受け入れたかった。

ロンドンのホテルで最後に二泊、沖の提案でホテルを同じハイドパーク沿いの、もう少しランクの高いホテルへと移った。

ロンドンでの最後のディナーの後、クラブでいくらか踊って、ホテルに帰ってきた。

ディナー時に一本開けたワインや、ゲイが堂々といちゃつくクラブの雰囲気にあてられたわけではなかったが、そのままもつれあうように何度もディープなキスをした。セックスそのもののような巧みなキスに溺れ、そこからシャワーを使う余裕もなく、部屋の入り口近い場所で立ったまま、背後から貫かれて何度も濡れた声を上げた。

自分でも信じられないほど深い場所に沖が入り込んでくる感触が忘れられなかった。

突き上げられ、啜り泣きながらも獣のように腰を振った。

「…ぁ」

長大なものの先端を、すでにはしたなくヒクつく濡れそぼった箇所に押しあてられると、柳井はシーツを握りしめながら息を呑む。

「ここ、すごいことになってるね」

どんなになってると思う、と揶揄され、柳井は泣き声を上げた。すでに太股の間が、蕩けたジェルのぬめりでドロドロになっていることはわかる。

でも、弱みを晒しても、恥ずかしい声を上げても、この男ならかまわない。

「入れてって、言ってみて」

先端を押しつけ、半ばまで思わせぶりに沈み込ませた状態で、沖はなおも低い声で命じた。

柳井は子供のように小さく頭《かぶり》を振る。

「…ぁ」

沈み込んできたものがズル、と抜き取られる感触に、思わず抗議の声を上げてしまう。

「さっき、言ったのに…」

蚊《か》の鳴くような声で抗議しても、男は汗の浮いた柳井の背に指を這わせ、煩悶させるばかりだ。

「後ろからっていうのと、入れてって言うのは違うよ」

「ん…、んっ…」

柳井は濡れた尻の狭間に思わせぶりに押しつけられる沖自身の前で、無防備に腰を揺らしながら啜り泣いた。

「欲しい…」

「少し違うけど…」

悪戯っぽい声が甘くささやき、上気した柳井の頬を伸ばされた指先がかすめてゆく。

「孝久さん…が、欲し…」

「すごいな」

感嘆するような男の呻きと共に、待ち望んだものが一気に溶けほぐれた箇所に押し入ってくる。

「あんっ」

耳を覆いたくなるような嬌声を上げたのが自分だと、すぐにはわからなかった。

頭のてっぺんから指の先まで走った甘い痺《しび》れに、しばらくは何度もがくがくと身体を震わせる。

それだけで達してしまったのだと、柳井は濡れたシーツでようやく気づいた。

「こんななのに、狭い…」

その間も、柳井の腰を深く抱いた男が、低く喘ぎながら腰を進めてくる。

何度か長大なものを前後されると、濡れ溶けたジェルと共に根本まで完全に沖が下腹に沈み込んだのがわかる。

「あ…」

さっきの絶頂とはまた異なる快美感に、柳井は腰を震わせ、自分の下肢を深々と貫く男の巨大さに息を呑む。

「あ…、あ…」

背後から腰を捉えたまま、ゆったりと腰を使い始める男に、柳井もすぐにシーツを握りしめ、甘く上擦った声を洩らした。

勝手に喉の奥から濡れた声がこぼれ出てくる。

深々と埋め込まれるのも奥まで届くようでたまらないが、腰を引かれる感触もたまらなかった。

そのおぼつかない感触に、泣き声にも近い声が何度もこぼれる。

「んっ、んっ…」

膨れ上がった乳頭がシーツに擦れる感触がたまらない。

「抜かれるのもいいの？」

巧みに柳井の反応を見越した男が、低く尋ねてくる。

「んっ、いい…、いいっ…」

あっ、あっ、あっ…、と断続的な声を上げながら、柳井は身を揉み、男にされるがままに貫かれる。

「んぁ…、あ…」

前へとまわりこんだ沖の手が、再び力を持ちはじめた柳井のものを握りしめ、ゆるやかに導いてくれる。

「孝久さん…」

蹂躙《じゅうりん》するようで、甘い快楽をたっぷりと与えてくれる男の手に自分から手を添え、柳井は啜り泣いた。

「好き…、好き…」

ほとんど何を言っているのかもわからないまま、柳井は啜り泣き、しゃくり上げ、男の責めに身悶え続けた。

Ⅱ

「沖先生、このフランスでの学会ですけれど…」

柳井は診察室に通じるドアを軽くノックし、カルテを打ち込む沖の背中に声をかけた。

「ああ、ごめん。ちょっとその時期は厳しい。適当にお断りの手紙を書いといて」

午前の診察が遅れたせいで余裕がないのか、沖は半分ほど振り返っただけで応えてくる。

「英語でもかまいませんよね？」

一応、招待状は英語なので返事も英語でいいかと、フランス語は簡単な日常会話程度しかできない柳井は、食い下がって尋ねる。

「いい、いい。助かるよ」

そんなに全投げでいいのかと思いながら、柳井は診察室の横に用意された自分用の机に戻った。

ロンドンに行ってから四ヶ月、柳井は医療秘書の名目で沖のクリニックに勤めはじめていた。

最初は一人、事務の女の子が辞めるので、その代わりに週に三日ほどバイトで来てくれないかという話だった。特に資格もないのに大丈夫だろうかと思っていたが、沖にあれやこれやと言いつけられてこなすうち、あっという間に多忙になって毎日出勤となった。

今では大学の非常勤講師の口は辞めている。

沖にいわせると、英語に堪能で海外からの電話も取れるし、英語のビジネス文書も問題なく作れることが何よりもありがたいらしい。

様々なスケジュール管理や電話応対、郵便物や書類の発送、学会への同行、国内、海外への出張の手配などが仕事の主立ったものだが、やらなければならないことはいくつもある。

沖にはクリニック経営とは別に、医師会内部での横の繋がりもあり、形成外科医としての講演なども多い。兄が経営している病院のドクターとしての顔、役員としての顔もある。考えていた以上にずっと多忙だった。

これでは週に一度会うかどうかだった、最初の頃のペースも納得出来る。

クリニックでは対外的に医師の男性秘書というと意外な顔をされることもあったが、逆に沖の兄の病院へ行ってしまえば、沖の兄にも男性秘書がついているせいだろう。特に奇異な目を向けてくるものはいない。

逆に男性秘書の方が本格的で信用できる、何かと依頼しやすいと思われることも多いようだ。

クリニック内でも柳井がいた方が、他の受付の医療事務や看護師との雰囲気もいいらしい。女ばかりだと、どうしてもギスギスするんだよね…、というのは沖の言い分だ。

柳井も人の顔を覚えるのは得意な方なので、それなりにうまくまわっていると思っている。

「ごめん、将宗君、ランチ、もう少し遅れてもいい？」

隣室から沖が声を投げてくる。

「大丈夫ですよ、女性陣はもう皆、休憩に出てますし」

「悪いね、助かるよ」

「どういたしまして」

柳井は笑って応じ、午後の診察までクローズとなったクリニック内で、雑誌の整理でもするかと立ち上がる。

音量を抑えてあった待合室のテレビを切ろうと、ふと画面を見ると、黒っぽいスーツを着た国税局の職員らが、かつて柳井が勤めていた国立博物館や、蒲生田の今の勤務先である都立西洋美術館にいっせいに入ってゆく映像がニュースとして映っていた。

柳井は音量をそのままに、しばらくその画面に見入る。

『国立博物館の副館長時代から、所蔵品を横流し！　中には重要文化財数点も』というテロップが出て、解説委員がパネルを前に解説をはじめる。

ゲストが横に並んでいるところを見ると、ワイドショークラスの番組だろう。

しかし、ニュース番組は朝から晩まで、ゴールデンタイムですら、今はこのセンセーショナルなニュースで持ちきりだった。

電車に乗れば、週刊誌の吊り広告にはどれにも蒲生田の歪んだ顔が大写しになっている。

紅葉蒔絵絵箱や、仲国小督図などは海外に流出というパネルまで出された。それはモロッコのさる美術ブローカーのペーパーカンパニーを通じて、オークションに持ち込まれようとしたものだ。出自の怪しさから、競売会社が不審に思って調べたところ、盗難美術品登録リストに載っていることが発覚したという。

蒔絵硯箱や仲国小督図は、柳井がリストに再登録を依頼したものでもある。

沖の言った正攻法は、まさに効を奏しているところだった。

柳井は絞ってあった音量を少しばかり大きくする。

『この蒲生田館長という方は、少し前、ウォーターハウスの名画「ランスロットとグィネヴィア妃」をオークションで落札し、西洋美術館に入れたやり手だったんですね。その有能な館長としての顔の裏で、実は重要文化財クラスの美術品をいくつも海外に流していたという…』

キャスターが首をひねる横で、解説員が苦笑している。

『この二面性は、どうなんですかね？　私生活ではパーッと派手にお金を使われてたそうですけれども、やっぱり貴重なお宝を売って着服してたんですか？』

お笑いのゲストが身を乗り出して尋ねている。

『どうも、そのあたりから国税庁に不審に思われていたらしく、今回、盗難事件としての他に、脱税で調査のメスが入ったようですね』

えーっ…、というスタジオでの非難の声の中、キャスターが失笑する。

『他のこの蒲生田館長、盗難、脱税疑惑ばかりでなく、セクハラ疑惑まであったそうで。今、交際を強要されていた女性から訴えを起こされているそうですね、末國《すえくに》先生、いかがですか？』

話を振られた若い端整な顔立ちの男性弁護士が、呆れたように肩をすくめる。

『黒も黒、真っ黒ですよね。弁護の余地がないっていうか…、セクハラに関しては余罪もありそうな気がしますが…』

『蒲生田館長、先日、この番組に来て頂いた時には、明るい社交的な方に見えましたけれど、人はわかりませんよね』

ぼんやりと画面を見る柳井のテレビのリモコンを握りしめた手に、後ろからそっと大きな手が重ねられる。

振り返ると、沖だった。

「僕の従兄弟《いとこ》が出てる」

「…誰です？」

「弁護士だよ、末國先生って呼ばれてる。母方の従兄弟だ」

そういわれれば、何となく雰囲気が似ているかもしれない、と柳井は思った。顔形ではなく、どこか余裕のある態度だろうか。蒲生田の人となりをすでに見越しているあたりだろうか。

「さあ、次からは流出した盗難品を少しでも取り戻せるよう、頑張ってみようか？」

ワイドショー番組を消しながら、沖は何でもないことのように尋ねてくる。

「そういうの、素敵ですね」

柳井が微笑むと、沖はなんとも愛しげに柳井の指先を握りしめてくれた。

END

あとがき

どうもこんにちは、かわいです。

今回は泥棒さんのお話です。雑誌掲載時に担当さんに、「泥棒とか、いかがですか？」と言われ、泥棒っていえばあの名高き怪盗ル○ンのお孫さんの「ル○ーン三世♪」しか思い浮かばないんですけど…、と唸った記憶が…。ル○ン三世についてはかなーり好きで、子供の時に「カリオストロの城」も父と上映時に観に行ったし、今もＤＶＤ持ってます。その前に観た「ルパンVS複製人間」は子供過ぎて、内容がよく理解できませんでした。きっと、今観たら絶対に面白いはずだと思うのですが、なかなか機会がありません。

そんなこんなで、素人泥棒さんのお話です。泥棒のお話、難易度高いよ！　何より悔やまれるのが、このチャラケたタイトルです。思い浮かばないー…と思って雑誌掲載時に苦し紛れにつけた仮タイトルが、いつのまにかノベルズのタイトルになってました。もう少し考えればよかったと思ってます。

そして、高峰《たかみね》顕《あきら》先生には再び申し訳のないことを…。高峰先生なら、タキシード仮面でもナイスミドルでも十分に描けます！　と担当さんに太鼓判を押されたので、じゃあ、仮面舞踏会で華麗に踊っちゃう泥棒さんがいいぜ、と思って雑誌掲載時は書いてたような気がします。羽根飾りとビジューのついた仮面にしてくれ、などと勝手な注文をつけて申し訳ありませんでした。雑誌の時も素敵だったのですが、自分史上、一番華やか、かつきらびやかな表紙じゃないでしょうか。タイトルロゴもキラキラしてて、素敵ですよね。

本当に高峰先生には最低な進行で申し訳ありませんでした。ありがとうございました。

「幻灯ピカレスク」の方で書いている、イギリスの画家、ウォーターハウスのランスロットとグィネヴィア妃の絵は、私の想像であって実在しません。ウォーターハウスが描いてくれてたらいいなという、個人的な希望…というか、妄想の絵です。でも、ウォーターハウスの作品は個人所蔵が多いそうですし、アーサー王物語の女性も積極的に描いているので、これから先、新たに出てくるかもしれないですね。むしろ、見たい。

飛行機のビジネスクラスは、シンガポールに行く時にＪＡＬで一度だけ乗ったことがあります。もちろん自腹じゃありません、シートのブッキングによるものです。残念ながら、初の海外旅行、かつ、生まれて初めて乗った飛行機だったために、そのありがたさをほとんど実感することなく終わってしまいました。いまだにはっきり覚えてるのは、当日の乱気流で七時間ぐらいのフライトの半分以上はシート着用サインが点いていて、ひどい時にはエアポケットでジェットコースター並みに上に下にと揺れたことぐらいでしょうか。返す返すも惜しいことをしました。もっと満喫すればよかったです。
エコノミーでもそれなりに楽しめたのは、ＫＬＭかな。アムステルダム行きだったのですが、ご飯やデザート、お菓子が美味しくて、客室乗務員がお姉さんから、おじさまパーサーまで、皆、愛想がよくて、そのプロ意識に感動したものでした。次にヨーロッパ行くなら、またＫＬＭを使いたいなと思いました。あと、キャセイのパーサーのお兄ちゃんがすごく人なつっこくてにこやかだったので、キャセイもいまだに好印象です。

…というわけで、ここまでおつきあいありがとうございました。次に泥棒を書く時には、もっと弾けきって、「俺はル〇ンだぞ～♪」ぐらい歌ってのける（知ってる？　三波春夫さんのル〇ン音頭）、陽気に明るい泥棒さんを書ければと思います。

かわい有美子《ゆみこ》

初　出

魅惑の恋泥棒	２０１３年 リンクス１１月号掲載
幻灯ピカレスク	書き下ろし

LYNX ROMANCE

微《まど》睡《ろみ》の月《つき》の皇子《みこ》

かわい有美子

illust.カゼキショウ

本体価格
870円+税

太陽を司る女神・大日霊尊が治める、神々の住む高天原。大日霊尊の弟で月を司る心優しい神・月夜見尊は、ある罪を犯したため、高天原を追われることに。神や人が混在する葦原中つ国に降り立った月夜見の噂は周辺国の荒ぶる神々に伝わり、追われていたところを、武力に長けた神・夜刀と出会う。他の蛮神から守るという名目で夜刀に連れてこられた月夜見だったが、強引に躰を開かれ半陰陽だという秘密を知られてしまい…。

LYNX ROMANCE

オオカミの言《い》い分《ぶん》

かわい有美子

illust.高峰顕

本体価格
870円+税

弁護士事務所で居候弁護士をしている、単純で明るい性格の高岸。隣の事務所のイケメン弁護士・末國からなにかと構われ、ちょっかいをかけられていたが、ニブちんの高岸は末國から送られる秋波に全く気づかずにいた。そんなある日、同期から末國がゲイだという噂を聞かされた高岸は、ニブいながらも末國のことを意識するようになる。しかし、警戒しているにもかかわらず、酔った勢いでお持ち帰りされてしまい——。

LYNX ROMANCE

天使《てんし》のささやき 2

かわい有美子

illust.蓮川愛

本体価格
855円+税

警視庁警護課でSPとして勤務する名田は、同じくSPの峯神とめでたく恋人同士となる。二人きりの旅行やデートに誘われ、くすぐったくも嬉しく思う名田。しかし、以前からかかわっている事件は未だ解決が見えず、名田はSPとしての仕事に自分が向いているのか悩んでいた。そんな中、名田が確保した議員秘書の矢崎が不審な自殺を遂げる。ますますきな臭くなる中、名田たちは引き続き行われる国際会議に厳戒態勢で臨むが…。

LYNX ROMANCE

天使《てんし》のささやき

かわい有美子

illust.蓮川愛

本体価格
855円+税

警視庁機動警護担当で涼しげな顔立ちの名田は、長年憧れを抱いていた同じSPの峯神と一緒の寮に移ることになる。接する機会が増え、峯神からSPとしての的確なアドバイスを受けるうち、憧れから恋心に徐々に気持ちが変化していく。そんな中、ある国の危険人物を警護することになり、いい勉強になると意気込んでいた名田だったが、実際に危険が身に迫る現実を目にし、峯神を失うかもしれないと恐怖を感じ始め…。

LYNX ROMANCE

銀《ぎん》の雫《しずく》の降《ふ》る都《みやこ》

かわい有美子

illust. 葛西リカコ

本体価格
855円+税

レーモスよりエイドレア辺境地に赴任しているカレル。三十歳前後の見た目に反し、実年齢は百歳を超えるカレルだが、レーモス人が四、五百年は生きる中、病気のため治療を受け続けながら残り少ない余命を淡々と過ごしていた。そんなある日、内陸部の市場で剣闘士として売られていた少年を気まぐれで買い取る。ユーリスと名前を与え、教育や作法を躾けるが、次第に成長し、全身で自分を求めてくる彼に対し徐々に愛情が芽生え…。

LYNX ROMANCE

Zwei《ツヴァイ》

かわい有美子

illust. やまがたさとみ

本体価格
855円+税

捜査一課から飛ばされ、さらに内部調査を命じられてやさぐれていた山下は、ある事件で検事となった高校の同級生・須和と再会する。彼は、昔よりも冴えないくすんだ印象になっていた。高校時代に想い合っていた二人は自然と抱き合うようになるが、自らの腕の中でまるで羽化するように綺麗になっていく須和を目の当たりにし、山下は惹かれていく。二人の距離は徐々に縮まっていく中、須和が地方へと異動になることが決まり…。

LYNX ROMANCE

甘《あま》い水《みず》2

かわい有美子

illust. 北上れん

本体価格
855円+税

ＳＩＴ――警視庁特殊班捜査係に所属する遠藤は、一期下である神宮寺に告白され、同僚以上恋人未満の関係を続けていた。母を亡くした際の後悔から、自分が自ら生きることも死ぬことも選べなくなった時には、生命維持装置を止めて欲しいと考えていた。そしてその役目を神宮寺に託したいと、次第に思うようになる。そんな中、鄙びた旅館で人質立てこもり事件が起こり、遠藤たちは現場へ急行するが…。

LYNX ROMANCE

甘《あま》い水《みず》

かわい有美子

illust. 北上れん

本体価格
855円+税

ＳＩＴと呼ばれる警視庁特殊班捜査係に所属する遠藤は、新たに配属されてきた神宮寺のことが気に食わなかった。かつてＳＡＴにいた頃、一年下の彼に馬鹿にされたことがあり、嫌われていると思っていたからだ。しかし神宮寺は何かと自分に近づき、挙句突然キスをしてきた。戸惑い悩む中、誘拐事件が起こり、神宮寺と行動することになってしまう。話をし、嫌われている訳ではないと知った遠藤は、徐々に彼に気を許し始めるが…。

LYNX ROMANCE

天《てん》国《ごく》より野《や》蛮《ばん》

かわい有美子

illust. 緒田涼歌

本体価格
870円＋税

永劫の寿命を持つ堕天使で高位悪魔であるオスカーは、永く退屈な時間の中、暇を持て余していた。ある日、下級淫魔のロジャーが、一人の美しい神学生をつけ狙っているところに遭遇する。ほんの気まぐれに興味を覚えたオスカーは、人間のふりをしてその神学生・セシルに近づくが、すべてを諦観した彼はいっこうに心を明け渡さなかった。徐々にセシルに惹かれていくオスカーは、彼と共に生きたいと願うようになるが…。

LYNX ROMANCE

人《ひと》でなしの恋《こい》

かわい有美子

illust. 金ひかる

本体価格
855円＋税

青山の同潤会アパートに居を構える仁科は、伝奇小説や幻想小説などを主軸とした恋愛小説を書き、生計を立てていた。独特の色香を持つ仁科は、第一高等学校時代に仲の良かった友人二人に、異なる愛情を抱いている。無垢な黒木には庇護欲と愛おしみ、懐深く穏やかな花房にはせつない恋慕と情欲を。しかし、仁科は黒木に内緒で、花房とひそやかな逢瀬を重ねていた。そんなある日、花房とじゃれあう現場を彼に見られてしまい…。

LYNX ROMANCE

夢《ゆめ》にも逢《あ》いみん

かわい有美子

illust. あじみね朔生

本体価格
855円＋税

東宮となるはずが、策略により世から忘れ去られようとしていた美しい宮は、忠誠を捧げてすべてを与えようとしてくれる涼やかな容貌の公達・尉惟に一途な恋慕を抱いていた。だが、独占しつくさんとする尉惟の恋着ゆえの行いに、自分が野心のために利用されているのではないかという暗い疑念がきざす。恋しく切なくも、その恋しい男が信じられない―。濃密な交わりで肌を重ねてもなお、狂おしい想いを持て余す宮は…。

LYNX ROMANCE

裏《うら》切《ぎ》りの代《だい》償《しょう》 ～真実の絆～

六青みつみ

illust. 葛西リカコ

本体価格
870円＋税

インペリアルの聖獣として待望の初陣を迎えたアルティオは、自分の〝対の絆〟である騎士リオンの不甲斐ない戦いぶりに頭を抱えていた。魔獣殲滅の研究に没頭し、自分を放置しがちなリオンに不満を抱いていたアルティオだが、ある日、『リオンは、正当な騎士候補から繭卵を横取りした卑怯者』というふたりの溝を抉るような噂が帝都に流れる。アルティオはリオンに一層の不信感を抱き、距離を取るようになるが…。

LYNX ROMANCE

純潔《じゅんけつ》の巫女《みこ》と千年《せんねん》の契《ちぎ》り

橋本悠良　illust. 周防佑未

本体価格
870円＋税

はるか昔、栄華を極めた華和泉の国に、神と共に采配を振るう験の巫女がいた。その拠点とされた歴史ある華和泉神社に生まれた美鈴は、可憐な容姿で心優しく、幼くして両親を亡くしながらも、祖父と二人幸せに暮らしていた。しかし二十歳になった美鈴の身体に、異変が起こる。祖父を残して死ねないと、美鈴は祠に祀られた神に助けを求めるが、そこに現れたのは二人の男だった。そんな二人に愛されてしまった美鈴は――？

LYNX ROMANCE

月神《つきがみ》の愛《め》でる花《はな》　～絢織の章～

朝霞月子　illust. 千川夏味

本体価格
870円＋税

異世界・サークィン皇国に迷い込んだ純情な高校生の佐保は、若き皇帝レグレシティスと出会い、紆余曲折を経て結ばれた。ある日佐保は、王城の古着を身寄りのない子供やお年寄りに届ける活動があることを知る。それに感銘を受け、自分も人々の役に立つことが出来ればと考えた佐保は、レグレシティスに皇妃として新たな事業を提案することになるが…。

LYNX ROMANCE

嘆《なげ》きの天使《てんし》

いとう由貴　illust. 高座朗

本体価格
870円＋税

天使のような無垢な心と、儚げな容姿の持ち主であるノエルは身寄りがなく幼い頃から修道院に預けられて育った。そんなある日、ノエルの前にランバートと名乗る伯爵が現れ、実はノエルが貴族の子息だという事実を聞かされる。母の知人であるランバートに引き取られることになったノエルはその恩に応えたいと、貴族として彼にふさわしくなろうと努力する。いつしかノエルは、優しく導いてくれるランバートに恋心を抱くが…。

LYNX ROMANCE

甘《あま》い恋《こい》

星野伶　illust. 木下けい子

本体価格
870円＋税

出世頭で部下からの信頼も厚く、ストイックなイメージで女性社員からの人気も高い。そんな誰の目から見ても完璧な平岡悠の誰にも言えない秘密は、女性が好むスイーツが大好きなこと。しかし、クールなイメージを壊すことができず、日々甘いものを我慢していた。ある日、悠は美味しそうなデザートパンに惹かれて古びたパン屋に入店する。そこで年下とは思えない威圧感を与える態度と愛想のない店主の石森弘毅と出会うが…。

この本を読んでの
ご意見・ご感想を
お寄せ下さい。

〒151-0051
東京都渋谷区千駄ヶ谷4-9-7
(株)幻冬舎コミックス　リンクス編集部
「かわい有美子《ゆみこ》先生」係／「高峰顕《たかみねあきら》先生」係

リンクス ロマンス

魅惑の恋泥棒

2014年12月20日　第1刷発行

著者……………かわい有美子《ゆみこ》
発行人…………伊藤嘉彦
発行元…………株式会社　幻冬舎コミックス
〒151-0051　東京都渋谷区千駄ヶ谷4-9-7
TEL 03-5411-6431（編集）
発売元…………株式会社　幻冬舎
〒151-0051　東京都渋谷区千駄ヶ谷4-9-7
TEL 03-5411-6222（営業）
振替00120-8-767643
印刷・製本所…株式会社　光邦
検印廃止

ISBN978-4-344-83276-3 C0293
Printed in Japan

幻冬舎コミックスホームページ　http://www.gentosha-comics.net